Ermanno MACCARIO

LE BON SENS N'A PAS DE SENS

Nouvelles insensées

Les Presses du Midi

Du même auteur aux Éditions Les Presses du Midi :

"Nouvelles d'incertitude"
Curieuses histoires de Provence

Illustrations de couverture : photographies de l'auteur

Impression PDM

121 avenue d'Orient - 83100 Toulon
Tel. : 04 94 16 90 20 - Fax : 04 94 16 90 29
Dépôt légal juin 2003
ISBN : 2-87867-485-5

LE BON SENS N'A PAS DE SENS

L'étrange quidam que j'avais rencontré par hasard une matinée d'hiver s'appelait Napoléon Courbature. Et puisque ce prénom était trop encombrant et faisait penser à des choses qui n'avaient aucun rapport avec la personne qui le portait, on l'avait abrégé en Nap. Son père, un employé subalterne, n'en menait pas large, sa mère, malgré ses grands airs de noblesse, avait fauté (comme on disait d'antan) avec cet homme très banal qui détenait le seul mérite de s'être trouvé seul avec elle, au moment où Suzy avait du vague à l'âme. De cette coïncidence désolante, le destin avait profité pour accoupler deux êtres dont rien ne faisait prévoir une union durable. Une fois cette petite formalité accomplie, Nap vit le jour.

On l'avait ainsi nommé parce que sa mère avait lu dans un vieux bouquin, que Napoléon avait entrepris une campagne cruelle contre les Russes, et en était ressorti mal en point, non pas par suite de l'héroïsme de ce peuple acariâtre, mais à cause du froid qui régnait sur le pays à ce moment. Si au lieu d'envahir la Russie, son illustre prédécesseur avait envahi la République de St Marin, Nap n'aurait jamais vu le jour, et vous auriez été privés de cette merveilleuse histoire.

Notre rencontre fut également due à un hasard. Nap avait raté son train, et se promenait en long et en large sur le quai de la gare. Moi, j'attendais inutilement l'oncle Anatole qui devait descendre du train de Marseille et qui n'y était jamais descendu.

On avait entamé la conversation sur le temps, et de mot en mot - Dieu sait pourquoi - je lui ai raconté presque toute ma vie qui n'offrait, vous pouvez m'en croire, rien d'épatant. Nap à son tour, me parla de la sienne, ses études, ses connaissances, toutes des choses qui ne présentaient pas le moindre intérêt. Puis, en s'arrêtant, il ajouta qu'il avait épousé la concierge d'un immeuble. Pourquoi? Parce qu'il désirait avoir une grande famille. Tiens, pour quel motif? Les allocations familiales. De nombreux enfants en bas âge, qu'il avait réussi à adopter, lui procuraient un revenu bien supérieur à celui d'un honnête travail.

De ses bavardages je n'arrivais pas à comprendre quelle était la partie du réel et celle du rêve. Non pas du rêve banal, celui du bon bourgeois, mais d'un rêve dérangeant qui vous faisait sortir de l'image de la vie telle qu'on l'apprend à l'école, ou sous la conduite d'un maître. Car la logique n'était pas son fort. Et pendant qu'il parlait, il s'arrêtait tout à coup sur les évolutions d'une mouche, et avait l'air d'écouter le sifflement d'un train qui approchait, comme le présage d'une étoile lointaine.

Les choses pour lui, s'approchaient et s'éloignaient à la guise des corps irréels qui traçaient un sillage dans l'espace. Mais sans doute cela n'était qu'une présomption que je créais pour expliquer la nature et la logique d'un individu si différent de moi et de l'espèce humaine, qu'on aurait dit qu'il venait d'au-delà la galaxie. Tout dans ses paroles, était réel et en même temps absurde et impossible.

Laissons, je divague. À part l'irréel, il m'avait fait comprendre qu'un bon repas lui aurait été agréable, mais en s'asseyant au resto de la gare, avait ajouté qu'il n'avait pas de quoi payer la note, même celle du menu avec plat du jour et sans vin. Devais-je le croire?

On se quitta tard dans la nuit, et je me rendis compte que j'avais exploré un paysage sans issue, et que j'avais accepté de lui rendre visite le lendemain.

- Je vous présenterai mes enfants. Tous adoptifs. Cela me permet de tenir un train de vie acceptable, même si la présence des petits est extrêmement dérangeante.

À partir d'ici, les gens sensés ne devraient pas essayer de pénétrer… le sens de ma nouvelle. Ils n'en tireraient que des déceptions et seraient tentés de croire que j'ai du retard, comme on dit, à l'allumage, bien que les discours démentiels d'un certain Kepler (qu'on rencontrera bientôt) coïncident à peu près avec les conclusions actuelles des savants.

Nap habitait une immense bâtisse avec parc. Pour couper court à mes remarques, il me confirma aussitôt qu'il n'était que le gardien, et que le propriétaire résidait dans un pays de l'Amérique latine, et lui avait confié son bien sans réserves. Mais devais-je le croire ? Tout, de cet homme, m'échappait et les éléments de sa vie paraissaient en contradiction l'un avec l'autre : ses parents, qu'on aurait sortis d'un roman de Kafka, sa façon de concevoir les choses, ses enfants adoptifs. Ils étaient innombrables, affublés de noms étranges. Quelle famille ! qui toutefois lui permettait d'encaisser en allocations familiales un revenu digne d'un prince. Passons ! On franchit le portail et on entra dans la grande pièce du rez-de-chaussée. Et quel spectacle ! Des mômes de tout âge, qui couraient dans tous les sens et se bagarraient dans une immense pagaille.

- L'aîné est celui-là, il se nomme Kepler… C'est une espèce de génie. Son maître le regarde avec crainte, car il est très versé dans ces branches de la physique qui s'appellent les quanta et la relativité. Mais maintenant que je me souviens, j'ai un rendez-vous de l'autre côté de la ville et il faut que je me sauve. Je te laisse avec Kepler car je suis persuadé que tu vas avoir des entretiens très plaisants.

Il n'avait pas fini de parler que j'avais reçu dans la tête quelque chose que je n'arrivais pas à identifier : un os de poulet ou la carcasse d'une aile. Nap en profita pour s'esquiver.

- Et vous croyez que tout cela correspond à une réalité quelconque ?

C'était la voix de Kepler, qui me regardait avec une certaine ironie.

- Notre père amène à la maison toute sorte d'individus. Je ne dis pas que vous êtes un individu, mais vous en avez l'air. Quelles sont à la fin, ces rêveries qui nous harcèlent et que nous appelons l'espace et le temps ? Essayez de pénétrer dans les dimensions ! L'atome dont vous êtes composé, vous, moi, et tout et tout... n'est que du vide, et son noyau n'occupe qu'un millionième de l'espace qui l'environne.

J'essayai d'enlever le mieux possible, les taches que l'os du poulet avait laissées sur ma veste. Dans ma fantaisie, les mouvements capricieux de ces mômes sans la moindre éducation ni respect pour la personne des aînés, se confondaient avec la danse illogique des électrons et des photons autour du noyau de l'atome.

- J'en suis sûr : l'idée d'un électron, occupant plusieurs positions et doté de plusieurs mouvements à la fois, doit vous rendre malade ! C'est une note ambiguë qui ne correspond pas aux structures du cerveau humain et qui vous approche d'un cadrage incompréhensible du réel. Mais pour saisir quelques lueurs de cet état absurde, la présence d'une femme est nécessaire. Elles ne raisonnent pas selon la logique et leur compréhension des choses saute les courbes de l'intelligible au lieu de les suivre bêtement. Dois-je vous le dire ? Je l'ai trouvée. Qui est-elle ? Je n'en sais rien. D'ailleurs si je le savais, elle disparaîtrait à jamais. Mesombrie a un regard velouté. Mais ne vous y fiez point. Une fois qu'elle a traversé l'écran, vous n'êtes plus maître de vous-même, car vous venez de franchir la dernière marge qui vous sépare du néant. Vous la voyez ?

Pour être exact, je ne voyais pas grand-chose. Je me rendis compte que soudain, les enfants s'étaient tus et avaient cessé de me lancer à la figure toutes sortes d'objets hétéroclites.

- Par malheur, ce que je vais vous dévoiler n'a aucun sens pour les hommes. Vous êtes habitué à des raisonnements basés sur vos perceptions grossières. En sa présence tout se transforme : les choses les plus invraisemblables deviennent tout à fait naturelles. Et ne croyez pas que je plaisante ! Au milieu de ces gosses qui bougent en tous sens, au milieu de cette matière qui, à votre avis est inerte, et au contraire s'agite dans une vérité difficilement supportable... Vous y voyez peut-être des inconvénients ? Rien que du vide, cher ami, du vide parsemé d'ombres.

Je répondis que j'étais complètement d'accord, dans le louable but de le ramener à des propos raisonnables - qu'est-ce que cela pouvait me coûter ? - bien qu'il me fût difficile d'accepter des idées aussi balourdes. Il ajouta que l'atome était constitué surtout d'un noyau qu'aucun savant n'avait réussi à décrire, et que ce noyau était si petit qu'il n'utilisait qu'un millionième de tout l'espace disponible.

- Arrivez-vous à concevoir le poids d'un électron ? Il faudrait diviser un grain de celle que vous appelez la matière, par des milliards et puis des milliards de fois. Et puis encore des milliards. Tout se réduit à des vibrations. Mais qu'est-ce qu'il vibre ? Il n'y a pas d'« il » car lui, il n'occupe pas la moindre partie de l'espace. L'électron n'occupe rien puisqu'il possède une caractéristique affolante : à la fois, il se trouve ici, devant vous, ailleurs... et n'importe où. Cette idée vous paraît-elle bizarre ? Sortie des rêves d'un poète ou pire d'un malade ? Et pourtant, cela résulte de l'expérimentation la plus rigoureuse. Pour justifier ce qu'on constate, il faut l'accepter, même si elle ne paraît offrir la moindre vraisemblance. Les quanta ! des paquets par lesquels la lumière quitte son abri et produit un impact déraisonnable sur les ténèbres comme d'un regard paisible de femme surgit sans raison un vecteur qui n'existait pas auparavant au même titre du créé qui transforme ce qui n'a point de structure, en vérité solide.

Kepler parlait d'une voix morne, sans rythme et sans relief. L'état d'un composant de notre matière, de ce qu'on voit, ce que l'on touche, occupant plusieurs positions à la fois et doté de plusieurs mouvements, me paraissait invraisemblable. Toutefois le jeune inconscient trouvait cet absurde tout à fait naturel et faisant partie des manifestations anodines de chaque jour. La transformation de la radiation en matière en était une marque stupéfiante. La lumière deviendrait-elle solide ? D'un coup, j'eus l'impression de n'avoir devant moi que du vide. La danse des photons avait changé de rythme. Telle une étoffe changeante, cette trame diabolique prenait des couleurs et des apparences diverses suivant les plis et la disposition du tissu qui la composait. J'ajoutai timidement pour tomber sur une issue presque raisonnable.

- Et donc, il n'y a rien ?

- Rien ? Comment pouvez-vous concevoir une imbécillité de cette sorte ? Si vous tombez, vous vous cassez la caboche, oui ou non ? Vous niez l'évidence, ma foi.

- C'est vous, qui venez de le dire !

- Le Créateur ne conçoit pas les choses à la guise des humains. Rien ? Il y a tout ! Mais ce tout n'est pas composé suivant vos règles. Et vous vous tromperiez lourdement, vous figurant le réel, tel que l'accepte une pauvre femme ignorante, ou un zoulou qui adore son totem imaginaire ! Tout existe, mon pauvre ! mais il n'existe pas à la légère. L'existence est chose difficile, absurde, imprévue. D'ailleurs vous êtes persuadé que deux par trois c'est égal à trois fois deux. Énorme méprise ! Pourquoi ? Personne n'en sait rien, mais par malheur l'expérimentation confirme cette situation démentielle et ces résultats qui donnent à Dieu l'apparence qu'il n'a certainement point d'un joueur de dés. Dieu est donc déraison ?

Comme la matière, comme l'énergie, comme notre vie qui n'a aucun sens commun. Quel est donc l'impact de cela? Énorme, car l'électron enserre une réalité qu'il nous sera à jamais interdit de connaître, puisqu'elle nous échappe du seul fait que nous la troublons en essayant de prouver son existence. Il nous est donc impossible d'appréhender les limites du présent. Comment pourrions-nous prédire l'avenir?

Dit entre nous, je ne savais plus en quel monde j'évoluais et si l'électron était une composante de la matière ou d'un rêve.

- Malgré ces paradoxes, reprit Kepler, il faut comprendre que je parle de l'univers et non de théories volatiles, tissées en fils imaginaires. Je parle des briques dont vous et moi nous sommes faits, les animaux, les insectes, les habitants de la mer, les pierres et les nébuleuses, les plus lointaines galaxies et les plus proches manifestations de cette substance dont nous sommes composés.

Il s'arrêta, comme perdu.

- Où ai-je fourré les quanta? ajouta-t-il, les aurais-je égarés dans ce fatras de raisonnements qui s'agitent autour de nous, tels des photons insaisissables?

Il fit un effort pour ramener sa raison à une réalité courante, qui pourtant n'existait pas à ses dires.

- Celle qu'on appelle la théorie du même nom, dérive de certitudes expérimentales d'une évidence effarante. C'est-à-dire - et cela va vous surprendre - que la lumière ne se transmet ni par ondes, à l'instar d'une surface liquide quand on y jette un caillou, ni par grains à la guise d'un projectile, mais par paquets les quanta. De cette certitude, désormais admise par tout le monde scientifique, découlent des vérités désopilantes, constatant que l'existence est construite sur la non existence, et que les lois qui la justifient ne correspondent guère aux règles qui depuis toujours font partie de la perception habituelle des hommes.

Entre-temps, sans faire de bruit, une femme était entrée. Une peau transparente couvrait les veines bleutées de son visage.

- C'est elle ! Gare à vous, il ne faut pas l'effaroucher. De cette femme, dépend tout le réel.

La fille déposa le seau qu'elle tenait à la main et commença à frotter la serpillière par terre. J'appris par la suite qu'il s'agissait d'une étrangère provenant d'un lointain pays et qu'elle gagnait péniblement son pain, en faisant des ménages, au noir. À ses dires, elle se nommait Mésambrie et était exploitée à un prix de misère, par mon ami Nap. Je la regardais comme fasciné par ses veines, tout en pensant que peut-être Kepler avait raison et que la destinée de l'univers était toute contenue dans ce visage émacié et dans ses yeux profonds qui ne regardaient que le vide.

L'arrivée soudaine de Nap mit fin aux divagations du fou, et à mon malaise. Il s'écria qu'il n'y avait rien à manger et que peut-être, j'aurais pu l'inviter lui et ses mômes, au restaurant d'en face.

J'acquiesçai, n'ayant plus la force de proférer un mot. En sortant, Kepler me susurra à l'oreille :

- Ne l'écoutez pas : mon père adoptif radote. Je m'en suis rendu compte depuis bien longtemps. Il croit que Mésambrie est une femme de ménage et surtout surtout - mais ne le dites à personne - que trois fois quatre c'est égal à quatre par trois !

Les mômes s'éparpillaient en tous sens, couraient dans toutes les directions, électrisés par le festin que j'allais leur offrir.

L'HOROSCOPE

(12 décembre 2002)

Rien dans la vie de Messaline Bonnefois laissait soupçonner un destin imprévu. À l'instar de beaucoup d'autres choses reçues d'un sort capricieux, elle accepta ce prénom hérité de la chienne de la famille, dont la mort soudaine avait provoqué la consternation générale.

Bien qu'affublée de l'appellation tendancieuse de l'Impératrice Romaine femme de ce César Nero si tristement connu, elle réussit à la minimiser à la mesure des beignets et des pastèques de la populaire avenue où se traînait sa médiocre existence. De sorte que tout le monde ne l'appelait plus que Line ou Messa, ou parfois Cocotte.

Les activités de son père, se prétendant homme libre qui n'avait jamais voulu se plier à la contrainte d'un emploi, étaient multiples et variaient au fil des jours, de l'achat de légumes sur le marché de gros pour alimenter le commerce de son épouse, au colportage d'ustensiles de cuisine aux vertus mirobolantes, au transport de valises du parvis de la gare jusqu'au quai, à la criée de journaux, à la vente de sucettes.

Sa mère, vendeuse d'oranges, de bananes, de mesclun sur le Cours Lacrevette avait été gratifiée de cette créature, par une ironie du sort, après vingt ans de mariage.

D'une sœur qui avait précédé Cocotte à plusieurs années de distance, on parlait très peu chez les Bonnefois. Jessica s'était enfuie au Brésil après la naissance de sa cadette, en s'amourachant d'un acrobate de cirque. Il paraît qu'elle était devenue immensément riche, si riche que pour éviter les immanquables estocades de la famille en peine d'argent, elle n'avait plus donné le moindre signe de vie.

Une fois ses parents disparus, Cocotte resta seule et libre. Le banc de la rue Lacrevette n'assurant que de modestes revenus, la jeune fille trouva le moyen d'arrondir ses mois avec les pépés du quartier à qui elle faisait miroiter ses faveurs, en profitant du moment où ils rentraient en fin de course chez une compagne la plupart des fois rébarbative, et l'escarcelle remplie de la recette du jour.

Avec la progression des années, la jadis troublante créature mûrissait inexorablement, et la chasse aux vieillards se faisait de plus en plus difficile.

Avant qu'il ne fût trop tard, la soi-disant jeune fille trouva une solution inattendue à ses problèmes, au croisement du Cours Lacrevette avec l'impasse des Péteux. Une gitane à la mine de renard dévoilait l'avenir à une bande de commères pour un prix, somme toute très modique. La vieille femme avait été peut-être envoyée au secours de Cocotte par l'obscur destin qui avait présidé à sa naissance et au choix de son nom. Messaline invita l'étrange messagère au Bar de la Verrue et lui demanda où elle avait appris cette science mystérieuse qui ouvrait toutes les portes. Séduite par trois ou quatre croissants, une tranche de jambon, un verre d'eau de vie, la gitane se crut en devoir de révéler à la postulante tout ce qui était écrit dans sa main squelettique et couverte de tâches jaunâtres ainsi que dans les abîmes du ciel lointain et troublant. Il suffisait de connaître ce mystérieux langage pour explorer les arcanes du futur et les utiliser à des fins personnelles.

De tous ces boniments, un seul fait s'était avéré certain, la voyante avait subtilisé l'escarcelle de sa cliente et les trois cents francs qu'elle contenait.

Mais quelque temps après, le hasard qui fait parfois bien les choses, donna à notre héroïne la chance de pouvoir parcourir la voie séduisante prédite par l'indélicate sorcière : dans le seul but d'acheter un journal, elle côtoyait la Salle Nostradamus où une conférence était en cours. Puisque l'entrée était libre, la passante fatiguée alla s'asseoir vers le fond et apprit de la voix tremblotante du professeur Laceppe Darivole que la lecture des astres ne limitait pas forcément ses vertus au vol de l'argent contenu dans une bourse élimée.

« Tout ce qui se passe dans ce monde - affirma l'érudit - est soumis aux influences de l'espace où la terre parcourt sa route. Notre globe est un navire dont les vagues sont les ondes multiformes propagées par son mouvement et les mouvements des autres corps célestes. L'ensemble de ce qui est placé dans ce bas monde est proie de cet océan de vibrations inconnues. La science qui étudie cet océan est donc la première. Notre savoir s'appuie sur elle et dérive d'elle. Cette discipline fut appelée par les peuples primitifs « La Magie ». Nous la désignerons d'un terme plus scientifique : l'astrologie appliquée, chapitre de la méthodologie, qui utilise les puissances célestes comme nous utilisons la force de l'eau dans nos turbines, de l'électricité dans nos dynamos, de l'énergie dans ce métal mystérieux qu'on appelle le radium.

Le Professeur Laceppe Darivole respirait avec peine. Un tremblement nerveux qui se manifestait à des intervalles réguliers, coupait ses phrases décousues. Il aurait voulu dire bien d'autres choses devant cet auditoire distrait. Absurde? Et pourtant, plus que simple : l'avenir était tracé par la danse lumineuse des constellations. Il suffisait de comprendre leur langage, pour déchiffrer le sens des mots inscrits dans l'immense voûte.

Les problèmes qui se profilent autour de nous, toutes les réponses à nos interrogations, étaient exprimés dans le sens de ces signes, ostensiblement offerts à nos demandes. Le grand Kepler n'avait-il pas souligné avec vigueur l'importance décisive de l'astrologie ?

« Si l'on n'avait pas eu le crédule espoir de lire l'avenir dans le ciel, auriez-vous été jamais assez sages pour étudier l'astronomie par elle-même ? »

Cocotte avait suivi l'admirable conférence les yeux écarquillés et débordants d'enthousiasme. Tout ce qu'elle avait cru entrevoir depuis les révélations naïves de la pythonisse, venait d'être exprimé en forme claire par le conférencier aux idées fulgurantes, seulement interrompues par le rythme saccadé de son halètement maladif.

Éblouis par les révélations d'une aussi séduisante doctrine, permettez-nous d'abandonner pour quelques instants les rêves des sphères suprêmes, pour descendre aux réalités misérables des vendeurs de concombres. Pas si misérables tout de même, car après les révélations du Professeur Laceppe, une idée fixe hantait la cervelle de Messaline. Elle commença à s'en entretenir avec ses connaissances, et s'aperçut qu'il s'agissait là d'un terrain fertile et susceptible d'intéresser la presque totalité de l'espèce. Lors d'un échange de palabres avec madame Morvandieu, femme du directeur de la fourrière municipale, elle se rendit d'ailleurs compte que cette fascination de l'astrologie ne se limitait guère aux petites gens qu'elle fréquentait d'habitude, mais s'étendait jusqu'aux nantis et aux classes supérieures. La question que la dame lui avait posée après s'être plainte du prix des poivrons et des choux-fleurs, avait été la suivante :

- Sous quel signe êtes-vous née ?

Quelques bribes de la fameuse conférence lui revinrent à l'esprit :

- Le Taureau-Floréal, répondit la novice sans hésiter, Premier Décan, Uranus et Neptune ont présidé à ma naissance…

La dame resta presque étourdie par cet aveu.

- Avec le signe sous lequel vous avez eu le privilège de venir au monde, vous devriez mettre à profit votre patrimoine astral, et les facultés exceptionnelles dont vous avez sans doute hérité sans vous en rendre compte.

« Astronomie, astrologie », ces noms mystérieux s'agitaient dans la tête de Messaline et prenaient une dimension surnaturelle.

Quelques jours après, le destin, qui à l'occasion avait retroussé ses manches, lui envoya un troisième signe de sa complaisance, se manifestant en la personne d'un petit vieux à l'œil vif et à la démarche hésitante, qui au fil des jours, devint le client préféré de la vendeuse du Cours Lacrevette. Si bien qu'un soir, le vieillard, entré en confiance, et encouragé par les digressions de la marchande sur les planètes et les astres, lui confia qu'il se nommait Copernic, astronome amateur et qu'il possédait sur la colline un petit observatoire, équipé entre autres, d'un télescope de trente centimètres d'ouverture. Puisque Cocotte ne semblait pas être en état d'apprécier le sens de cette importante révélation, Copernic ajouta que sa lunette détenait la vertu de lui faire voir de près ces fameuses constellations, qui avaient tant frappé son esprit. Mais avant de s'aventurer en toute quiétude sur ce chemin ardu et en quelque sorte dangereux, il estimait nécessaire d'en déblayer le seuil par des notions à son avis élémentaires, sans lesquelles il était impossible de parcourir la route de la connaissance.

- Aujourd'hui, expliqua l'arpenteur d'étoiles, que le ciel a disparu de notre vie quotidienne, il y a peu de gens qui soupçonnent qu'il suffit de s'éloigner des lumières de la ville, pour que la voûte céleste apparaisse à nos regards, comme percée par une avalanche de lumignons. Pour donner un certain ordre à ces corps scintillants, il a fallu des millénaires d'observations avec des moyens hétéroclites. En regardant le ciel chaque nuit à la même heure, on constate que jour après jour les étoiles glissent lentement vers l'ouest, dessinant en l'espace d'une année un tour complet au-dessus de nos têtes…

- Un tour complet, répéta Messaline ébahie. Et donc, c'était vrai ! Comme la destinée humaine, qui se répète inlassablement et sans répit, les astres font chaque année le même tour. Ai-je bien compris ?

- Parfaitement, sans jamais enfreindre la règle Au début de l'année, dès que l'astre du jour s'efface, apparaît la froide constellation d'Orion et, à sa suite, l'étincelante Sirius qui émet autant de lumière que vingt soleils, tandis qu'au Nord s'élève la Grande Ourse aux dimensions géométriques.

- Vingt soleils ! La Grande Ourse ! répétait Cocotte au comble de l'excitation, cela tient du miracle !

- Tous ces astres se confondent et se mêlent en alignements légendaires appelés constellations, qui ne varient jamais, au moins pendant l'éphémère vie d'un homme et des siècles et même des millénaires.

« Noyés dans la multitude, se détachent certains astres qui se déplacent plus rapidement par rapport aux autres corps célestes, et errent dans le ciel selon des trajectoires bizarres qui n'obéissent pas à la convention générale. Ce sont les planètes dont le nom grec signifie les errants : Vénus, Jupiter, Mars, Mercure et Saturne, qui ont inspiré les poètes et les croyances depuis des temps immémoriaux. Aujourd'hui seulement on s'est rendu compte des incommensurables dimensions de l'univers, et l'on considère le ciel non plus comme une voûte dressée sur nos têtes, mais comme l'annonce de profondeurs infinies. Étant donné les énormes distances sans rapport avec notre taille dérisoire, les unités de mesure valables à l'échelle humaine, ne sont plus suffisantes, et leurs dimensions en mètres demanderaient des numéros de zéros que notre esprit ne pourrait point concevoir. C'est pour cela qu'on a choisi une nouvelle unité de mesure : l'année-lumière, c'est-à-dire l'espace parcouru par la lumière en un an. Si l'on réalise que celle-ci voyage à la vitesse de trois cent mille kilomètres par seconde, on arrivera avec peine à comprendre combien de kilomètres seront parcourus en un an. Cela dépasse l'étroit entendement qui nous est propre et qui est subverti par ces flammes mystérieuses qui nous viennent du cosmos. On est tout d'abord conduit à penser que tous ces signaux sont partis à la même époque. Ensuite une méthode plus complexe nous oblige à nous rendre compte qu'ils proviennent de distances sans rapport les unes avec les autres, et que nous voyons en même temps des tranches diverses du passé : mille ans lumière, dix mille, cent mille, un million. Les éloignements dérisoires de nos habitudes terriennes, n'ont plus de cours, et la voûte céleste nous plonge dans une mer à d'autres dimensions sous l'aspect d'une poussière lumineuse jadis appelée par les hommes primitifs, voie lactée. Elle ne représente que la superposition de centaines de milliards d'astres. Un vortex tournant sur lui-même à une vitesse vertigineuse et qui emporte notre soleil, en deux ou trois cents millions d'années, et flotte dans un espace dont l'immensité est infiniment plus étendue que la sienne. La galaxie ainsi décrite est cent milliards de fois plus grande que notre terre. Possible que tout cela n'ait aucun sens ? »

Mais le vieillard n'avait pas de réponse à cette demande angoissante. Et pourtant, il n'était point le seul astronome au monde. Il y en avait sans doute d'autres qui connaissaient la solution de l'arcane. Pour se délivrer de cette lourde hantise, Cocotte se consacra à la recherche d'autres savants, à son avis, mieux instruits de ce monde mystérieux et qui auraient pu étancher sa soif. Il ne lui fallut pas trop de temps à les dénicher, par l'entremise de cette voyante qui lui avait dérobé l'escarcelle.

- Oui, sans doute, les gens capables de répondre à vos inquiétudes existent. Ils s'appellent les astrologues et prolifèrent à chaque coin de rue. Mais, prudence, la profession est truffée de fumistes. Il ne faut point agir à la légère et prêter foi au premier venu.

« Comme dans toutes les activités humaines, il existe les bons et les mauvais. Dans notre ville, il n'y en a pas de bons. Mais je vais vous donner l'adresse d'un Grand Centre de Recherches, dirigé par des savants hors mesure. Leur diagnostic n'a jamais été pris en défaut et leurs prédictions se sont toujours avérées. Le seul inconvénient, réside dans les droits qu'ils vous demanderont. Mais ils acceptent des règlements échelonnés sur une période assez longue. Le Centre se trouve dans la grande ville tout près d'ici. Notez bien Astroconseil, Annexe de l'Université Nostradamus Port-à-Faux la Sorbonne, Place du Tombadou, arrondissement 13.

« Le mieux c'est de vous y rendre en personne, en vous présentant de ma part. Ça fera cinq cents francs en ce qui me concerne. »

Quelques jours après, ayant gagné un peu plus que d'habitude, Messaline se présenta à l'adresse fatidique où elle fut accueillie par une dame imposante qui la prévint que pour entrer en rapport avec l'organisme, un versement préalable de trois mille francs était nécessaire, car l'exploration du ciel demandait des dépenses… astronomiques.

La postulante qui s'attendait au pire, ne fit aucune difficulté pour exécuter aussitôt les menues formalités requises. Cet acte de bonne volonté parut satisfaire la matrone qui introduisit Cocotte dans une autre pièce beaucoup plus suggestive : cartes du ciel et photos énigmatiques à l'appui, ou un soi-disant Préposé aux Affaires Célestes, à la mine absente et glaciale, aux yeux sournois, trônait solennellement au milieu de deux flambeaux à quatre branches.

À le voir, personne n'aurait pu soupçonner ce qu'il était, ni les buts qu'il poursuivait. Il provoquait sur la néophyte cette aversion indéfinie qu'excitent les fripons et les fourbes, ou parfois les exaltés et les fanatiques.

- Les sciences occultes, en qui vous cherchez à juste titre votre délivrance, marmonna sans ambages Malhadar - tel était le nom du chiromancien ainsi qu'elle l'apprit ensuite par la matrone de l'antichambre - sont les sciences des phénomènes invisibles, qui nous harcèlent à notre insu. Leur étude est la plus passionnante, parce que c'est d'elles qu'est sorti à ne pas en douter, tout ce qui forme les bases de notre savoir. Depuis que la vie grouille sur la boue qui nous a engendrés, chaque être se sent la cible d'hostilités confuses - et là Cocotte eut un frisson irrépressible, son triste sort est de vivre inquiet, de ne pas relâcher sa vigilance, de ne point se laisser aller à la quiétude béate qui, j'en suis certain, a dominé vos jours jusqu'à présent. La bête humaine à mesure qu'elle se dégage de l'animalité, est poursuivie par le désir de se soustraire à cette menace perpétuelle. Il y a déjà bien des millénaires qu'ayant remplacé la caverne primitive par une maison en briques, elle croit pouvoir dormir le sommeil non pas du juste mais de l'assisté, sans redouter les scorpions, les serpents ou les tigres. Et pourtant toutes sortes de rêves nous préviennent à travers le cauchemar de la digestion laborieuse que comporte notre façon frelatée de nous nourrir, que nous vivons au milieu de dangers innombrables et imprévus. Ne désespérez pas ! Par le labeur scientifique, d'innombrables générations, on peut maintenant étudier le futur avec des règles qui nous sont familières et que nous pouvons vous transmettre pour franchir le pas essentiel qui sépare l'initié du profane. Avec ce prestigieux enseignement, nous ne vous demandons pas de modifier votre destin pour courir après de chimériques bonheurs . Loin dc nous, d'essayer de modifier le sort des humains, mais plutôt nous allons vous apprendre comment s'adapter aux lois inscrites dans le ciel. Il ne faut guère souhaiter l'été en hiver et l'hiver au printemps, mais s'organiser à travers la connaissance, à parcourir le chemin tel qu'il est.

« Vous y parviendrez par la lecture du grand livre des astres qui vous diront comment triompher des vicissitudes humaines à travers les dépêches de l'infini sans fin. Mais quel est le sens de ces dépêches ? Le cosmos ne nous fait entrevoir que des gouttes de lumière qui, à vos oreilles, sont muettes et dont nous connaissons le langage et vous en ferons profiter, moyennant des tarifs raisonnables à convenir d'avance. Car les constellations nous enferment comme dans un étau à qui nulle force au monde ne peut se soustraire. »

- Ce sont des savants d'une honnêteté exemplaire, pensait Messaline, et qui à différence de l'Astronome Copernic, ne se limitent pas à la constatation de la nature des signes astrologiques - chose à la portée de tout le monde - mais qui sont capables de vous dire quelle est leur humeur du moment et de quelle manière ils organisent de façon souveraine votre destin en cette salope de vie.

Tout paraissait si évident, que cette excellente femme en fut saisie jusqu'à la moelle épinière et comprit avoir enfin repéré le chemin prodigieux, de façon que les vingt mille francs accumulés avec tant d'effort et disparus aussitôt, devinrent pour elle une éphémère vicissitude sans la moindre importance, vis-à-vis de cet absolu qui se dressait tel une montagne de chance, de ce savoir incontestable et certain. Et quand le Maître lui demanda si elle estimait opportun qu'il dressât son horoscope, la néophyte n'hésita pas à répondre d'une façon affirmative et enthousiaste, malgré que ces études difficiles nécessitassent une nouvelle ponction des économies déposées pendant dix-huit ans à la Caisse d'Épargne de la rue Pochard-Richelieu.

Quelques jours après, une fois ces menues formalités accomplies, le spécialiste put se mettre enfin au travail, en ouvrant son enquête par la question sacramentale :

- Date de naissance ?

- 20 avril.

- Année ?

- 1940.

- Connaissez-vous l'heure, par hasard ?

- Je ne l'ai jamais oubliée : midi tapant.

Malhadar poussa un cri qui fit presque éclater les grosses veines de son cou.

- Comment pouvez-vous le savoir ?

- Mon père me l'a reproché le restant de sa vie. Il avait l'habitude de commencer son repas au douzième coup, et voilà que j'arrive. Il a avalé tout de travers... D'autant plus qu'il attendait un garçon !

- Midi tapant ! Un vingt avril ! Nous voici en pleine légende ! J'en tremble... Je me défends de vous entraîner trop loin... Allez-vous-en... C'est encore le plus sage...

Et l'homme de science se tut. Son cœur paraissait battre la chamade. L'excitation de Messaline était à son comble.

- De quoi s'agit-il ? Parlez ! Mais parlez !

- Je n'ai rien dit. Contentez-vous de savoir que votre configuration astrale vous désigne aux destinées les plus inquiétantes. Peu de femmes seraient capables de parcourir ce chemin et d'en ressortir intactes. Ne cherchez guère à comprendre...

- Maître, ne me cachez pas la vérité. Même si elle est terrible, je veux savoir !

- Pas possible ! Cela nécessiterait de longues études et minutieuses...

- N'importe. Je ne reculerai devant rien. J'ai commencé à parcourir ce chemin envoûtant. Il faut que je l'achève.

- Épargnez-vous cette épreuve. Cela entraînerait des préparatifs interminables, l'intervention de spécialistes qui vous coûteront les yeux de la tête... Au-delà de vos possibilités modestes de vendeuse de légumes. Vous habitez sans doute dans un logis en location...

- Je suis propriétaire ! répliqua avec orgueil la postulante. Un F4 !

- Combien pensez-vous en tirer ?

Le prix estimé parut satisfaire l'Astrologue.

- Dans ce cas... Puisque vous le voulez... Mais il faut faire vite, très vite ! l'interférence astrale est passagère et ne se reproduira pas deux fois.

Malhadar se tut, Messaline comprit que la scéance était terminée, et qu'il fallait passer aux actes. Les révélations apportées par le Mage valaient leur pesant d'or, lui ayant fait comprendre que les Puissances Supérieures s'occupaient de son sort, et que cette intervention surnaturelle aurait risqué de lui échapper sans l'aide d'un Organisme aussi savant. Première tâche à accomplir : la vente du F4. Cocotte trouva une issue satisfaisante qui l'autorisa à occuper l'étage comme locataire contre règlement d'un prix assez modeste. Cette vente bienheureuse lui permit de disposer des fonds indispensables pour continuer à bénéficier des lumières de l'Astroconseil et de son flambeau dans le dédale enchevêtré des influences obscures. Qu'est-ce que c'était à la fin, la propriété d'un F4 sis près de cette misérable rue des Crevettes, vis-à-vis de la certitude d'un avenir garanti par les galaxies et les astres ?

Bien que les Constellations se fussent révélées particulièrement gourmandes, rien d'imprévu ne se produisit dans la vie de Cocotte, hormis l'ouverture d'un magasin concurrent qui raflait presque toute sa clientèle.

- Avec l'occulte il ne faut point être pressé. Son temps se mesure en millénaires et ses nombres en myriades, tandis que le vôtre est restreint et s'effrite comme l'ombre. L'horoscope ne se trompe jamais, il s'est sans doute manifesté d'une façon que vous n'arrivez pas à comprendre. Le moindre signe qui, à votre regard pourrait sembler insignifiant, est peut-être celui qui fera dévier la direction de votre convoi sur l'aiguille des rails apparemment droits et en réalité courbes et tordus d'un avenir qui attend dans un futur inimaginable et sans forme.

Messaline n'avait pas compris grand-chose aux discours amphigouriques de Malhadar, mais puisqu'ils n'avaient pas été assortis d'une nouvelle demande d'honoraires, elle crut préférable de s'en contenter, d'autant plus que le Mage avait réaffirmé une foi solide et à toute épreuve dans ce tournant qui ne pouvait guère manquer de survenir par la seule force des constellations et sans autre exigence pécuniaire.

- Prenez donc patience. Avant qu'il soit longtemps, vous aurez de l'imprévu autant qu'on en peut désirer.

Malgré le pessimisme de Messa, qui commençait à nourrir des doutes sur l'acuité du regard de l'augure, cet inconcevable se manifesta soudain sous la forme d'un message provenant du Brésil : Jessica lui annonçait sa visite, en précisant qu'elle comptait s'établir jusqu'à nouvel ordre chez sa sœur. Jessica, la milliardaire ! Cocotte s'endetta jusqu'au cou pour remettre en état le logis. Comment avait-elle pu douter des décisions des astres ? Ses problèmes s'évaporaient au soleil du présage, comme un brouillard sans épaisseur. Le changement souhaité était en train de se produire : quitter ce pays où désormais l'air ne lui paraissait plus respirable, ouvrir de nouveaux chemins à sa recherche de luxe et d'aisance, trouver un mari riche, une demeure somptueuse, un compte en banque créditeur.

La Brésilienne arriva avec beaucoup de retard. Au grand étonnement de l'autre, elle avait voyagé sur un charter à bas prix.

- Ce sont des lubies de riches ! Cacher sa situation aux yeux des envieux…

Les deux sœurs sollennisèrent leurs retrouvailles en se remémorant de vieux souvenirs. Jessica ignorait la mort de ses parents, et son visage se couvrit de larmes.

Parmi les sanglots, elle se souvint tout à coup du jour de la naissance de sa cadette, et comment le père avait dû sauter son repas.

- Il y a peut-être un détail que tu ignores. Papa fut si ému par ton arrivée soudaine, qu'il oublia de te déclarer à la mairie. Quand il se souvint de cette obligation, plusieurs jours s'étaient écoulés, et pour ne pas encourir de fâcheuses tracasseries, il déclara que ta venue au monde s'était produite le 20 avril et non pas le 30 mars.

Messaline fut frappée comme à mort par cette confidence qui faisait fi de son mirifique horoscope, et sa première réaction fut de se rendre chez le Mage pour lui faire part du désastreux changement. Mais après avoir réfléchi elle pensa qu'une étude nouvelle n'aurait eu la moindre chance de lui offrir le destin fabuleux de la première, et rejeta toute la faute sur la naïveté du devin qui avait pris pour argent comptant la date prétendue par sa cliente : au diable Malhadar ! l'Astroconseil ! Et l'organisme tout entier ! Puisque la prescience des Astres s'était dérobée avec tant d'impudeur il ne fallait leur accorder le moindre crédit et surtout pas lancer des dépenses supplémentaires. En dernier ressort, et malgré ses anciennes craintes, Cocotte décida de s'en tenir à la date déclarée, d'autant plus que la fortune de sa sœur lui faisait entrevoir un avenir plein de flatteries et de promesses.

Entre-temps, sans se préoccuper des Astres des Nébuleuses et même pas des Planètes misérables, Jessica était en train de ranger dans l'armoire des loques sans forme, des habits froissés, un manteau plein de taches.

- Sais-tu pourquoi je suis revenue ? Pour implorer ton aide. La déveine s'est acharnée sur le cirque. Il ne me reste plus rien. Je ne pourrai jamais remettre les pieds au Brésil.

Personne n'échappe à sa destinée : l'Astroconseil avait raison. La nuit reluisait de toute la splendeur de ses étoiles. Cocotte leva un regard perdu vers le ciel. L'étau muet et insensible des constellations, s'était verrouillé sur elle.

LE MALENTENDU

(fin mai 2002)

Je m'appelle Aristème. Cela vous étonnera peut-être, mais c'était un savant grec du XIIIe siècle - bien entendu avant Jésus-Christ - qui avait découvert le moyen de détacher l'âme éternelle de ce corps périssable, ainsi qu'un système révolutionnaire de cultiver les asperges. Mon père Odoacre, professeur de langues orientales, archéologue et chercheur, s'était plu à m'affubler de ce nom étrange, dans l'espoir d'une destinée radieuse.

Je grandis malgré moi, poussé comme une plante par les forces de la nature, abandonnant sans adieu le passé et le regrettant aussitôt car n'ayant plus d'existence, il ne pouvait pas me nuire. Le matin, avant mon réveil, je restais très longtemps dans le lit, suspendu entre les réalités brutales du jour et les fantasmes souples de l'ombre. Je rêvassais que j'étais le créateur du monde et que rien ne s'opposait à mon vouloir. Les hommes pliaient leur échine devant mes décrets, et les femmes, surtout les femmes les plus belles, étaient obligées à leur corps défendant, à subir mes outrages. Au moment où ma jouissance devenait plus aiguë, une vieille tante - ma mère était morte en me donnant le jour - arrivait et m'arrachait d'un geste à l'abri tiède, rassurant et protecteur de ma couette.

Je me résignai donc à affronter les études qu'un père mal avisé et irresponsable, s'était fixé de me faire poursuivre. À son avis, un homme complet qui sortait d'une famille honorée comme la mienne, devait se nantir d'un diplôme, si possible d'une grande école, ou tout au moins universitaire. C'est pour ce motif que je fus inscrit à l'école polytechnique. Ma nullité absolue de laquelle j'étais très conscient, m'interdisait ce chemin qui m'aurait conduit à faire partie de l'élite paternelle. À partir de cet événement impossible, mon sort digne d'une tragédie grecque commença à me poursuivre sous la veste d'une commission persuadée que les discours enfantins et dénués de sens de mes épreuves cachaient des facultés difficilement décelables et hors du commun. Arrivé à ce point, il faut que je vous explique. Il y avait au fond de mon être plusieurs couches superposées et complètement étrangères entre elles. Malheureusement, je n'avais pas le pouvoir de les manipuler à ma guise. Imaginez, pour la clarté de ce qui va suivre, une richesse enfouie sous la terre, à plusieurs profondeurs. Un filon d'or à cent mètres ; du pétrole à trois cents ; de la lave à quatre mille ; de l'Uranium presque inaccessible. Ces gisements pris dans l'ensemble, auraient le pouvoir de permettre à leur propriétaire de dominer le monde. En ce qui me concerne - hélas - ils étaient indépendants l'un de l'autre, et je ne pouvais pas remplacer, à aucun moment, par les richesses de mon savoir, la nullité de mon ignorance.

Je fus donc admis au sublime aéropage de l'école polytechnique, et au fil des années j'en sortis, à la grande joie du paternel, major de mon cours.

À ce moment-là, le filon qui m'avait assisté à l'encontre de toute vraisemblance, se tarit, et tout le monde se rendit compte que malgré mes diplômes j'étais un désolant incapable. Mais le passage d'une condition à l'autre dans l'idée que les gens se font de vous-même, est d'une lenteur exaspérante, et un idiot à l'arrivée reste habillé, pendant très longtemps, de la parure resplendissante du départ.

Complètement privé de la couche qui avait justifié mes brillantes études, je fus bientôt enseveli par la nullité absolue de mon intelligence et de mon savoir. Une puissante entreprise de travaux off-shore, au seul vu de mes diplômes et du jugement enthousiaste de maîtres illustres, me confia d'emblée la présidence et la direction générale. Il me suffit de quelques mois pour réduire à néant les énormes bénéfices du consortium, et à faire engloutir par la Mer du Nord, les vingt-cinq plates-formes construites par mon prédécesseur.

Je réussis, in extremis, à trouver un petit travail en harmonie avec mes nouvelles et très modestes possibilités.

Astreint à me lever à six heures, j'étais obligé de me rendre au bureau où je remplissais des registres à longueur de journée. Je traversais un jardin plein de fleurs au printemps, puis une petite ruelle aux pavés mal assemblés. Avant de franchir le seuil de mon dernier employeur, j'imaginais sous le filon de ma médiocrité actuelle, que ces pavés étaient très anciens, des pierres empruntées aux juifs qui avaient suivi leur parcours pour traverser la mer Rouge. Hélas, le filon qui dominait à présent m'obligeait à réfléchir et me rendre compte que ces pavés avaient été mis en place il y a dix ou douze ans, ou au mieux, quarante, par des terrassiers dépourvus de toute brillance. Il n'y a rien de triomphal dans la vie, rien que des choses anodines, et dès que je me plaisais à imaginer un passé inattendu d'un monde étourdissant, j'arrivais sur le seuil de l'entreprise de produits surgelés Dumont Fils et petit-fils, et j'étais obligé de retomber dans la routine journalière pour avoir droit à un maigre salaire, aux reproches de ma femme, à mes collègues de bureau, tristes, mornes comme moi, sans imprévus. Mais eux, au moins, ils la méritent cette routine. Leur existence n'est pas pourvue de soupiraux, de ces fenêtres qu'on peut ouvrir parfois sur un paysage, inconnu. Mais pas pour longtemps. Elles sont munies, ces fenêtres, d'un mécanisme invisible qui les referme aussitôt qu'on croit avoir pénétré dans l'ailleurs.

J'entrais dans l'antre de mon décevant travail, pour subir les reproches du chef de bureau, les lubies de la secrétaire, le rire sardonique des employés et même de la femme de ménage.

C'en était trop. D'autres gisements travaillaient dans le fond de mon inconscient et me faisaient rêver. À quoi ? Je ne sais pas au juste. Mais il y avait un monde où c'était très facile, beaucoup plus facile de vivre. Mon instinct pour les femmes explosait, vite réprimé par les convenances. Un sein dressé, une paire de cuisses, une croupe provocante, voici l'univers où - dans le cas présent - j'aurais eu le loisir de plonger. Un univers à ma portée. Une couche universelle, quoi, qui n'exigeait guère des facultés spéciales, des sources qui risquaient de se tarir.

Vous en conviendrez, j'ai pris la seule décision que je pouvais prendre. J'ai changé de ville, j'ai laissé pousser ma barbe. Je me suis habitué à dormir à ciel ouvert, manger de temps en temps quand il était possible, resquiller ici et là des petites choses, ce qui était suffisant pour subsister…

J'étais seul. D'abord, cette condition me délivra de toutes les contraintes, puis j'attrapai un rhume, puis une grippe, puis une bronchite. Je n'en mourus pas.

Mais tout de même dans mes nuits de fièvre et de délire, je dus bien constater qu'une main amie, une présence, m'aurait été secourable dans les moments durs. Je vis ainsi d'un bon œil l'arrivée d'Oscar. Oscar ne possédait rien. Rien qu'un nom. Et encore… Il n'avait même pas besoin de manger, de dormir. Son corps était si frêle qu'aucune maladie ne pouvait l'atteindre. J'ai essayé de savoir d'où il venait, où il avait vécu, les êtres qu'il avait quittés. Non. Il paraissait n'avoir pas parcouru le même trajet que moi. Plus simplement, aucun trajet.

Vers minuit, quand je me couchais à l'abri d'un buisson ou d'un tas de vieilles planches, éreinté par la fatigue d'un chemin qui n'aboutissait nulle part, Oscar s'éloignait, soi-disant, pour se dégourdir les jambes. Une fois, il me demanda, pour s'abriter du froid, mon écharpe rouge. Je ne le retrouvais qu'à l'aube, au réveil, plus aérien que jamais. À Pierreponche, un hameau où nous nous étions abrités dans une cabane en ruine, j'appris qu'une jeune fille avait disparu. Quelqu'un la retrouva en bordure de la route, égorgée. Pour la première fois, Oscar fut saisi par la peur. Il prétendait qu'un chien, un grand chien était indispensable pour veiller sur nous. Les dimensions du monde se modifiaient au fur et à mesure de notre cheminement. À Latirade, un matin, une patrouille de gendarmes fouilla nos baluchons misérables. Trois filles qui revenaient d'un bal nocturne, avaient été retrouvées sur la place du pays, le ventre ouvert, la tête à demi sectionnée. À la morgue, lors de la confrontation, je m'évanouis. Par bonheur, la tenancière du bordel de la ville tout proche, témoigna qu'Oscar avait passé la nuit dans son établissement. Il était avec quelqu'un. Ce quelqu'un aurait pu être moi, car la bonne femme avait été frappée par la couleur d'une écharpe. Nous fûmes relâchés après un long interrogatoire. J'étais extrêmement faible. Un tremblement causé par l'émotion et la fatigue s'était emparé de mon corps et me faisait divaguer à tout instant. Ou peut-être c'était la boisson qu'Oscar m'avait fait avaler pour me donner du cran.

Un fait est certain : là où les cartes ne signalaient qu'un marécage, surgissait une ville, et je parcourais « L'Avenue de la Reine » sous un soleil d'hiver. Où allions-nous retrouver nos forces affaiblies? Simple. Très simple : au numéro 4. J'habitais là, avec mes parents.

Mais la maison qui portait le n° 4 paraissait vide. Après avoir frappé à plusieurs reprises, une vieille femme ouvrit et parut ne pas me reconnaître.

- Vous venez relever le compteur?

- Quel compteur?

Elle referma la porte d'un coup sec.

Les choses construites sur le sable de la vie, bougent et se transforment. Un peu plus loin dans l'avenue, du même côté, il y avait une mercerie. À ma très grande surprise je dus constater qu'elle y était toujours, avec sa porte jaune, et la vendeuse tapie derrière son banc. Je ne pouvais pas me tromper car cette matrone avait un nom étrange : elle s'appelait Presquile. Un banc massif la séparait de la clientèle et peut-être du reste du monde. Presquile était une femme énorme qui envahissait toute la partie postérieure du magasin tout en laissant une place exiguë à son mari Claude. On ne voit pas, on n'arrive même pas à imaginer, de quelle façon ces êtres aient pu convoler, un temps lointain, en justes noces. Claude était minuscule, presque hébété, toujours silencieux devant la montagne imposante de l'épouse. On aurait dit qu'à côté de cette masse, il n'était qu'un jouet, un pantin, une marionnette irréelle. Ah, j'oubliais de vous parler du troisième habitant de la boutique il s'agissait d'un gros chien appelé Rodo que Presquile gardait toujours près d'elle, car on ne sait jamais : deux jeunes filles avaient été violées un soir par un promeneur inconnu. Voici le gardien qu'il nous aurait fallu, aux dires de mon compagnon. Donc, pour résumer, la partie postérieure du magasin, celle derrière le banc, était littéralement bondée par ces trois êtres : Presquile, Rodo et un peu plus loin dans le coin qui lui était habituel, le presque inexistant Claude. Il faut savoir qu'en plus des articles traditionnels, la boutique vendait des médiocres décalcomanies qui faisaient l'objet de ma convoitise. Elles avaient une caractéristique, ces images, plutôt décevante. Une fois mouillées, elles disparaissaient à la vue, et se dissolvaient dans un halo aux couleurs incertaines, qu'il était impossible de reconstituer par la suite. Elles ressemblaient d'une curieuse façon à mes rêves d'enfant. Chaque fois que j'essayai de les fixer sur une feuille ou sur un carton, la belle apparence faisait faux bond, et à sa place, je ne voyais que la cascade de tous les jours, le morne ricochet, sans but, qui se plaçait devant moi, depuis que j'avais commencé à croire de comprendre. Presquile me regarda de ses yeux pâles de grenouille. Rodo commença à aboyer : même pas cette fois-ci j'aurai pu m'emparer de ces décalcomanies pleines de rêves. Et puis, même si je persuadais Presquile à m'en faire cadeau, où aurais-je pu trouver l'eau pour les mouiller, le papier pour les fixer ?

Mieux donc valait renoncer. Aucune importance, j'ai renoncé à tellement de rêves dans ma vie. Et puis, même si on n'y renonce pas, si on arrive à leur donner une forme, une existence, croyez-vous qu'ils resteront immuables pendant vos transformations à travers la longue course derrière les ombres ? Presquile, son mari, son chien étaient comme des coquilles qui se dressaient devant mon regard tels les arbres de l'avenue, et qui à mon départ auraient continué à subsister, indépendamment de moi, dans le dépôt des choses inutiles. Mon étonnement sans doute venait de là : les rêves marchent vite, et la pensée est lente.

Rien à tirer de cette femme, ni du petit époux, ni du chien. Ils vivaient dans un monde avec qui je n'avais aucun rapport, et duquel je n'aurais pu obtenir aucun secours.

Je continuais à parcourir l'avenue. À chaque étape je constatais de plus près ce qui arrivait dans le monde. On enlevait les filles, moins souvent les garçons, on les violait, on les tuait sous le regard médusé et indifférent des statistiques policières. Cela était-il infâme ? Surprenant ? Non. La loi que la nature avait imposée était la seule responsable. Le violeur était astreint à la même nécessité du bouc qui saillit une biche, du parameciam qui s'accouple à la « paramiciette ». La nécessité est aveugle et prime sur les conventions, même sur les superstitions des hommes. La réalité était tout à fait différente de celle que j'avais imaginée, abrité par les murs de ma maison bourgeoise. Chaque fois que je me réveillais il y avait une morte dont on avait abusé quelques heures auparavant. Des choses à oublier, à passer par profits et pertes. À ignorer pour pouvoir supporter le passage des heures et l'organisation civile.

Mais Oscar, ne l'entendait pas de cette oreille. Chaque fois que j'en parlais avec l'indifférence qui m'était devenue coutumière, il se répandait en anathèmes, en réprimandes, contre cette société permissive qui ne condamnait pas le mal, qui ne punissait pas assez ceux qui brisaient les lois de la civilisation et de la bienséance. Du temps perdu : il était trop sensible.

Au numéro 115 il y avait un salon de thé tenu par Hemmy un Suisse, avec une enseigne flamboyante : « Tea room ». Monsieur Hemmy avait une qualité peu commune : vendre des bonbons aux couleurs chatoyantes contenus dans un pot de verre fait pour tenter l'envie des gourmands. Je me souviens que tout petit, mon rêve était d'introduire mon bras à l'intérieur, et de ma main droite, choisir un par un les fruits défendus, pour les regarder, les juger, et les remettre à leur place. C'était l'entrée du paradis.

Je poussai aussitôt la mystérieuse porte tournante. Sur une étagère, il y avait un vieux pot, un vieux pot de cristal, vide, sans raison d'être, comme mes souvenirs d'enfance. Toutefois, de l'intérieur, j'entendais un bruit de conversations. Des musiques…

- Vous avez rouvert le petit salon sur la cour ?

Monsieur Hemmy parut ne pas comprendre. Il s'approcha du pot de cristal, et d'un geste maladroit le fit tomber sur le sol.

« Il a brisé la dernière trace, me dis-je avec une morne résignation. Je ne trouverai, dans ce magasin, rien de ce qui m'intéresse. Quant aux voix, aux musiques, ce n'est que la télévision que le Suisse a laissée ouverte. »

Étrange : je glissais à travers les âges, emporté par cette force qui est propre aux enfants et traverse les barrières de la logique et de l'espace. La radio, peut-être. Et encore…

La télévision ? Du temps de mon interlocuteur elle n'était même pas du domaine des rêves. Il faut que je tire au clair cet anachronisme.

Le Directeur de Dépôt des tramways venait d'arriver. Il me prit par la main, non sans peine, on traversa l'avenue et escorté par mon guide je me trouvai quelques secondes après, du côté de la mer. Hemmy était resté sur la porte, étonné par mon départ et par les phrases que j'avais proférées :

- Télévision ? Télévision ? Cela est bizarre. Quelle époque !

Me voici aussitôt devant le manège de « Parfum ». Il faut que je vous explique. Parfum était un être fabuleux, habillé de guenilles, qui assurait la bonne marche de son affaire, en faisant pousser la plate-forme par une escouade de bambins à la force de leurs bras et de leurs jambes. Après vingt tours de labeur, ils avaient en prime le droit de monter sur le cheval de leur convenance. Parfum avait résolu à sa guise le problème de la motorisation. Une envie irrésistible me prit de monter à cheval moi-même, mais quand il fallut payer la place, l'étrange propriétaire me regarda d'une façon déplaisante, et il me dit :

- Vos pièces n'ont pas de cours, ici.

À mes protestations, il ajouta que si j'étais démuni d'argent j'aurais pu aider les bambins à entraîner le manège et ainsi gagner mon droit à m'adonner à l'ivresse de ce jouet fabuleux. Étrange manège, qui m'avait donné jadis des sensations inexprimables, en m'entraînant dans le monde enchanté, où tout est possible, où toutes les portes s'ouvrent sur nos désirs défendus. Parfum claqua plusieurs coups avec le fouet qui lui servait pour aiguiller ses acolytes. Le manège prit une vitesse supersonique, et monta dans les airs à l'allure d'un ouragan. Je compris alors, que l'explication logique n'avait plus de cours. De l'autre côté de l'avenue, Presquile, son chien et son mari regardaient l'incroyable cerf-volant de ma fantaisie, s'écraser devant la porte du magasin. Dans un geste de bienveillance la grosse femme me tendait les décalcomanies, les dernières décalcomanies de sa boutique, froissées, inutilisables...

Je compris soudain que ces reproductions maladroites contenaient toute la réalité de ma vie. Un terrible étourdissement m'envahit : c'était sans doute la conséquence des coups de fouet de Parfum. Par bonheur le pharmacien Kernot était là. La vieille pharmacie de mon enfance avec ses pots impénétrables et le flegmatique Jean-Louis Kernot dont les potions avaient une renommée dans toute la ville. Je n'eus même pas le temps de lui parler de mon malaise. Il s'en était rendu compte lui-même. Peut-être avait-il vu les décalcomanies de Presquile froissées dans la paume crispée de ma main.

J'avalai la potion jusqu'au bout. L'envie me reprit de regarder les images coloriées de la mercière. Mais elles n'avaient plus de sens. Les éclatantes couleurs imprimées sur le verso de la plaque avaient disparu. Tout était gris, flou, comme après avoir été mouillé dans l'eau du verre. Je sentais qu'à l'intérieur de mon corps, il y avait peu de chose. Presque rien. Possible ? Oscar prétendait que oui : cela était tout à fait naturel. Tant d'efforts. Tant de sensations, tant de rêves. Comment rien ? En moi, en chacun de nous, était concentré l'univers. Kernot me regardait avec inquiétude.

- Vous reviendrez ? Cela fait si longtemps que vous ne fréquentez plus ma boutique. Vous avez peut-être trouvé une autre pharmacie. Ou sans doute vous êtes guéri. La tuberculose est une maladie en recul. Méfiez-vous, tout de même. Le laboratoire n'est pas loin. Juste à côté. À votre place, je ferais encore une radio.

- Quelle radio ? Mais oui. Ça commençait à devenir à la mode. On explorait l'intérieur. Pour voir quoi ? S'il y avait quelque chose en plus. En plus ? En moins ?

Le labo était désert. Un infirmier m'attendait sur la porte. J'entrai avec méfiance. Car à l'intérieur, dans la salle d'attente, se pressait toute la population de la ville. Une éternité. Les gens entraient dans le cabinet où un étrange appareil ronflait tout doucement. Puis, ils sortaient après une demi-heure. Ou une heure. Ou une heure et demie. Chacun portait une large feuille, et paraissait inquiet.

Vint enfin mon tour. Je fus plaqué devant l'appareil.

- Ce n'est pas dramatique.

- Ah, non ?

- Non. C'est étrange. Je ne vois rien. Rien que du vide.

- Et cela vous préoccupe.

- Pas du tout. Mais il me serait difficile d'en tirer un diagnostic.

Le radiologue sortit la bande du bain. Je regardai avec appréhension : dans le film, pris de la tête aux pieds, tout était clair. Tout à fait transparent.

J'ouvris les yeux. Oscar était là avec son sourire inerte. Dans le matin froid, par la presse affichée dans les kiosques, j'appris qu'on avait encore assassiné trois filles. Aucun doute : des voisins avaient reconnu l'écharpe rouge. Oscar, le paisible Oscar, rôdait la nuit pour assouvir son instinct, insensible aux prières, aux cris, à la souffrance. À ce moment-là la peine de mort existait encore. Ce fut vite expédié. Malgré ses dénégations, le monstre fut guillotiné haut et court.

Délivrée de ce cauchemar, la presse titra, unanime : du nord au sud du pays ; « la mortelle randonnée d'un dangereux maniaque. »

J'étais seul, de nouveau. Je n'avais plus rien sous l'écorce de la peau. D'ailleurs je n'y avais jamais rien eu. Une jolie fille blonde passait dans la lumière blafarde de l'aube. Un seul désir. La couche la plus profonde avait fait surface. J'ouvris le couteau à cran d'arrêt que j'avais dans la poche. Un cri de terreur. Je me précipitai sur la mourante et j'accomplis ma sinistre besogne. Les traces de sang, conduisaient sous le pont de Solliès. Là où l'assassin s'était vraisemblablement réfugié. Mais sous le pont, il n'y avait rien. Rien qu'une poignée de décalcomanies. Décalcomanies, vous savez? Des images peintes d'un autre temps.

LA BOULE DE FEU

(fin avril 2001)

Je m'appelle Lambert, Lambert Potot, métier journaliste ou plus exactement reporter. Oh, je n'appartiens pas à l'enviable catégorie des reporters internationaux, qui débitent les grands événements pour un immense public. Non, ma compétence se limite à une ville, reléguée dans un coin obscur du pays, et tout au plus aux patelins qui l'environnent. Un modeste employé quoi, sans avenir. Il paraît que je rédige mes articles d'une façon pitoyable, et que j'ai un style ingrat qui tend à décourager le lecteur. « La Boule de Feu », tel est le nom du quotidien qui m'emploie, a diminué son tirage d'une façon préoccupante depuis mon arrivée au journal. Ce malintentionné de directeur ne veut pas se rendre compte qu'il s'agit d'une coïncidence pure et simple et que je ne suis pour rien dans la ruine progressive du quotidien. Il prétend, ce corniaud, que je suis incapable de relater les événements avec l'exactitude nécessaire à un bon chroniqueur, mais que je les déforme à travers le tamis d'une fantaisie maladive et je rends déraisonnable ce qui est accepté normalement par le commun des mortels.

Malgré ma prétention de plier les événements à ceux que j'estimais être les impératifs de la survie du journal, je me suis promis de renoncer à l'avenir, aux prodigieuses ressources de ma fantaisie, et de me limiter désormais aux faits purs et simples.

Hélas ! des forces contre lesquelles aucun recours n'existe, ont surpris ma volonté impuissante. Voici comment elles trouvèrent l'occasion de se manifester.

J'étais à peine rentré chez moi, dans le modeste lotissement à la périphérie où j'habitais et m'apprêtais à réchauffer la soupe aux oignons que Candide, la bonne à tout faire, avait préparée à midi avec ses mains sales mais industrieuses. Quelque chose de chaud, à avaler avant l'inévitable repas froid et le sandwich au fromage acheté à la grande surface.

On frappe soudain à plusieurs reprises, sans utiliser la sonnette. J'interromps la cérémonie du repas, je vais ouvrir. Dans l'entrebâillement de la porte, une femme a l'air hagard visiblement troublée. Je ne tarde pas à reconnaître la maigre et osseuse madame Chabrague. Car elle portait des seins rembourrés, très voyants, destinés à réveiller les appétits des mâles. Oui, vous l'avez compris, il s'agissait de la femme du directeur. Je demeurai bouchée bée, passablement surpris, car elle habitait avec son époux de l'autre côté de l'agglomération, dans une luxueuse villa entourée d'un parc.

- Entrez, madame, entrez, je vous prie. À quoi dois-je l'honneur de votre visite ?

- Un malaise… Rien de grave, des choses qui arrivent aux femmes.

Là-dessus la sonnerie du téléphone se met à retentir : Gratien Chabrague avait été trouvé dans la rue devant sa villa, saigné à mort. Le tueur l'avait frappé dans le dos, probablement avec un couteau à cran d'arrêt. Ensuite, avait poursuivi sa victime jusqu'au milieu de la rue, où elle s'était effondrée, et avait accompli sa besogne par vingt coups de couteau, de façon à ne lui laisser aucune chance de survie.

J'avalai ma salive. Cette fois, j'aurais pu broder la nouvelle à ma guise. Inventer une infinité de détails. Utiliser la vie douteuse de mes ennemis, ce couple odieux et insupportable, pour construire mon renom. Le puzzle se mettait en place. Il prenait une physionomie inattendue que personne n'aurait pu prévoir. Et un sort favorable plaçait devant moi, en mon pouvoir, la meurtrière. Je lui crachai brutalement la nouvelle à la figure, sans crainte de provoquer une tragédie. Quelle tragédie ? Madame Chabrague savait déjà. Et pour cause !

- Oh, mon Dieu ! Ça devait arriver. Je le savais...

- Ah, vous saviez ?

- Depuis bien longtemps.

- Il ne vous reste donc qu'à prévenir la police...

- Cela vous appartient.

- Et vous ne craignez pas...

- Quoi qu'il arrive, ma vie est brisée pour toujours.

Un sanglot déchirant ébranla sa poitrine et fit presque exploser ses faux seins.

- Cela ne vous évitera point la Cour d'Assises.

- Pourquoi ?

- Comment, pourquoi ?

- Je témoignerai, c'est mon devoir.

- Un assassin ne témoigne pas. Il est jugé.

- Mais qu'est-ce que vous dites ?

- Après ce forfait abominable...

- Quel forfait ? Ah, je comprends ! Vous croyez... Moi ! Je l'ai sauvé de la faillite, du déshonneur, de la ruine...

- Première nouvelle.

- Ce ne sera pas la dernière... Gratien n'était qu'un minable... Compromis avec le milieu, sans le sou... C'est moi qui ai racheté le journal... Moi, qui l'ai défendu contre tout le monde... Ses ennemis... Oh, ils étaient nombreux, vous pouvez en être certain. Quel intérêt aurais-je eu à le supprimer ? Cela me soulage à la fin, qu'il soit mort. Je ne l'aimais plus depuis bien longtemps. Mais de là à… commettre cet acte de barbarie… Avez-vous pensé à Joseline ?

Je confesse que je n'y avais pas pensé. Joseline, la stagiaire. Diplômée en lettres modernes, agrégée en philosophie… Mais oui ! Joseline filait le parfait amour avec le patron… Ils couchaient ensemble malgré la différence d'âge… lui cinquante, la fille, vingt-deux…

Si vous voulez tout savoir, Potot, cette ignoble créature trimait des pieds et des mains pour prendre ma place. Ah, le sexe ! Et puisqu'elle n'arrivait à lui faire cracher de l'argent, au vieux, beaucoup d'argent (mais c'était impossible, car depuis les premières incartades, j'avais resserré les cordons de la bourse) dans une crise de fureur, exaspérée par la faiblesse de l'autre, qui vous dit que, pendant un litige, le couteau ne soit parti de ses mains ? Saviez-vous que le père de cette pute était compromis dans la secte du Porc-épic luxurieux ? Qu'on l'avait poursuivi pour meurtre, accusé pour avoir organisé ce suicide collectif qu'il y a un an a défrayé toute la presse ?

Oui, Joseline. Comme notre jugement se fixe sur une pauvre innocente, et refuse d'explorer les autres possibilités du crime…

- Quelle méprise, mon ami ! Votre sécheresse de cœur vous a porté à m'accuser d'emblée sans réfléchir… Et puis, au journal, tout le monde le haïssait. Avez-vous pensé à Gravelli ? Jeune Corse, nouveau marié, s'amène avec sa femme, belle comme une fleur, délicate comme une tige d'herbe nouvelle… Et que fait-il cet ignoble individu ? Il lui fait miroiter les charmes de l'argent, entrevoir la chance de quitter sa vie modeste pour une existence sans sacrifices. Savez-vous que Gravelli les a surpris, il y a quelques jours, dans le cottage que Gratien avait acheté pour cacher ses sales entreprises ? Pour assouvir ses bas instincts ? Son désir de chair fraîche ! Savez-vous que Gravelli l'avait menacé, s'était juré d'une vengeance exemplaire ?

En effet, c'était le sujet de toutes les discussions, des insinuations les plus malveillantes au journal...

- Savez-vous que Rubien lui avait écrit une lettre de menaces, après la campagne implacable qu'il avait déclenchée contre lui et lui a fait perdre les dernières élections ?

Ah, oui Rubien...

- Mille personnes auraient eu intérêt à le descendre... Sans compter un crime de rôdeur... Et pourtant dès qu'il s'est agi de choisir le coupable, vous, sans hésiter, vous avez jeté votre dévolu sur moi... J'ai commis une seule faute : celle d'avoir quitté la villa un peu avant le meurtre... après avoir eu un litige avec mon mari. Tous les voisins nous ont entendus. Et comme vous, la police fera le même raisonnement... Et ses ennemis auront tout intérêt à témoigner contre moi... Dieu sait que mon âme est pure comme celle d'un nouveau-né, d'une vierge... Mais je suis la victime idéale... Vous seul, pouvez me sauver !

- Moi ? Ça alors !

- Vous ne pouvez pas refuser cette grâce à une femme qui vous a comblé de faveurs... Votre avancement du mois dernier, l'augmentation de salaire... À qui devez-vous cette aubaine ?

- Au pauvre mort...

- À moi !

- Vous ? Et pourquoi ?

Vous êtes bien aveugle. Je vous ai toujours aimé. Depuis votre arrivée au journal... J'ai essayé de vous le faire comprendre. Mais vous étiez de glace... Vous n'avez qu'à dire celle qui aurait été la vérité si vous aviez été plus complaisant envers mon désir...

- Je n'ai aucune envie de me compromettre...

- Même contre une monnaie d'échange ? Si je reste libre, toute la fortune, la propriété du journal seraient à moi... Je ne suis pas une ingrate, un cœur sec comme vous...

- Vous me proposeriez…

- Un geste. C'est la chance de votre vie. Ne la ratez pas, Lambert ! Elle ne se présentera pas deux fois…

- Laissez-moi réfléchir.

- Nous avons passé la soirée ensemble, enivrés l'un de l'autre. Inconscients du danger. Happés par le tourbillon des sens… Je vais m'évanouir… La salle de bains… J'ai besoin de me rafraîchir la figure… N'auriez-vous pas une serviette ?

- Dans la petite armoire. À droite…

Dans mon bouleversement, j'imaginais ce que devait être ce corps débarrassé de ses frusques. Ce corps, que j'aurais dû fatalement caresser, parcourir de mes mains… Des images lubriques hantaient mes sens endormis. Et pourtant la monnaie d'échange était captivante. Pourquoi ne pas profiter de l'aubaine qui se faufilait une fois - peut-être la seule fois - dans ma vie terne ? Ma fantaisie reprenait le dessus : peut-être, cette femelle cachait des vertus inattendues, peut-être, dans le plaisir, son corps s'épanouissait en mille attitudes lascives, émoustillantes… Les éclairs troubles de ses yeux, laissaient entrevoir un univers de débauches… Et même si tout ça était dû à une imagination débordante, le troc présentait par lui-même des avantages immenses… Directeur du journal ! Maître de « La Boule de Feu » ! Un compte en banque, une voiture… la villa entourée d'un grand parc…

L'enquête de la police ne donna aucun résultat. Mis à part Rosalie couverte par mon témoignage, chacun avait un alibi : Joseline donnait ses cours à l'École des Arts Modernes, en présence de trente-cinq élèves, Rubien se trouvait au Brésil pour un cycle de conférences sur les intellectuelles débauchées privées de droits en Europe, Gravelli impliqué dans la destruction d'un asile de vieux grabataires en Corse… Rubenstein, l'huissier de « La Boule » répétait tout l'après-midi, dans une troupe d'amateurs, une pochade de Feydeau… Éléments vérifiés, contrôlés, l'un après l'autre.

À ma grande surprise, Rosalie se faisait chaque jour plus distante. Et la fortune des Chabrague paraissait avoir fondu comme neige au soleil. C'était évident : j'avais été roulé dans la farine…

Jusqu'au jour où l'inspecteur Lacouenne vint me rendre visite chez moi, soi-disant pour clore le dossier.

- J'ai une question embarrassante à vous poser, Potot. Vous m'excuserez mais cela fait partie de l'enquête que Monsieur le procureur m'a confiée. Madame Chabrague avait une relation avec vous, depuis quand ?

- Oh… depuis longtemps. Je ne me souviens pas. Cela remonte à mon arrivée au journal.

- Et… elle se trouvait bien avec vous, l'après-midi du crime ?

- L'après-midi, la matinée, sans interruption… Nous étions enivrés l'un de l'autre… Esclaves de nos sens…

- Curieux. Très curieux…

- Aucunement. Elle atteint l'âge à laquelle une femme réagit contre les déceptions d'un mari qui la délaisse…

- Elle est venue me trouver ce matin.

- Elle ? Elle, qui ?

- Madame Chabrague prétend avoir des scrupules. Sa conscience lui impose de rectifier ses dires…

Sa conscience ? Avait-elle une conscience, cette teigne ?

- Contrairement à ses premières déclarations, elle affirme n'avoir jamais eu de rapports de quelque nature que ce soit avec vous…

- C'est de la folie ! S'accuser de la sorte…

- Elle ne s'accuse pas. Elle vous désigne…

- Me désigne… ?

- En tant qu'exécutant du crime…

- Et comment ? Nous étions l'un avec l'autre, dans mon lit…

- Non, monsieur Potot, non. Elle aurait eu un malaise près de votre domicile, vous a vu arriver, dans le plus grand désarroi… Vous ne l'avez reçue qu'après vous être lavé les mains… et constaté avec horreur que votre blouson était recouvert de taches…

À présent, je croyais avoir compris. Rosalie avait réussi d'un seul coup à supprimer son mari, se débarrasser de moi, à me perdre. Mais sans preuves. La salope affirmait une chose, moi le contraire. Sa parole valait autant que la mienne.

- Oui, sans doute, ricana l'inspecteur Lacouenne. Vous confessez ?

- Absolument pas. Je suis la victime d'un piège diabolique. Et vous n'avez aucune preuve…

L'inspecteur hésitait.

- Dans ce cas je ne peux que fouiller votre appartement.

Je compris alors pourquoi il avait été accompagné par deux agents restés devant la porte.

Ils ne traînèrent pas pendant longtemps.

Ça n'a pas été difficile. Sous la baignoire, soigneusement poussé vers le fond…

Et il brandit un couteau à cran d'arrêt, enveloppé dans une serviette imbue de sang coagulé.

LE CLANDESTIN

Le docteur Patrice Verdieu, neurologue très connu sur la place, membre émérite de l'Académie, s'apprêtait à se rendre au Luxembourg pour l'ouverture des travaux du Congrès, en présence du Ministre. Il devait d'ailleurs ouvrir cette séance avec une communication sur la possibilité de modifier les génomes des primates humains, par l'introduction de certaines séquences d'ADN.

Il venait à peine d'entrebâiller la porte de l'étage, quand un inconnu se présenta sous le prétexte d'une visite dont il n'avait jamais été question. Le neurologue, très surpris, s'apprêtait à renvoyer sans ménagement l'importun, peu visible dans l'ombre, quand la figure de ce dernier fut soudain mise en évidence par le réverbère de l'étage, ce qui eut pour effet de clouer le praticien sur place. Qu'avait-il vu de si étrange? Son esprit d'habitude si froid, si équilibré, avait-il eu une défaillance? Avait-il été la victime d'une hallucination maladive? Quel détail inquiétant avait à ce point obnubilé son esprit jusqu'à lui faire perdre son sang-froid? Une constatation tout à fait simple : l'inconnu lui ressemblait comme une goutte d'eau ressemble à une autre goutte, jusqu'au grain de beauté à l'angle de la narine gauche. On aurait dit que Verdieu venait de voir son double. Essayez donc d'imaginer quel serait votre désarroi, si un matin, en ouvrant la porte, vous vous trouviez en face de vous-même?

La légende peu connue et mise en doute par de nombreux historiens sur Richelieu, affleura de son inconscient. Certains chercheurs de sensations fortes prétendaient que le Cardinal était le fruit d'un accouchement gémellaire, et que deux frères en tous points semblables l'avaient remplacé dans ses nombreux voyages au Nord et au Sud de la France et même à l'étranger. On lui avait attribué pour les naïfs, ce curieux don d'ubiquité propre à terroriser ses ennemis. Le célèbre portrait en trois figures, dû au pinceau de Philippe de Champeigne, était peut-être à l'origine de ce racontar. Et puis quel rapport avait-il l'homme d'État avec l'inconnu? Et par quel hasard inexplicable, cet homme était-il venu le voir ?

La réponse ne tarda pas à rassurer le docteur (en partie bien entendu). Il s'agissait d'un clandestin débarqué sur la côte, d'un navire provenant de l'autre côté de la mer. Dénué de tout, sans abri, il avait rencontré un militaire à l'air important qui l'avait pris pour quelqu'un très connu dans la capitale : « Verdieu, qu'est-ce que tu fais ici, à cinq heures du matin T'est-il arrivé un malheur? »

Par la suite, il avait compris que Verdieu était un médecin, et qu'il lui ressemblait tellement qu'on l'avait pris pour lui. Par une ruse, il avait réussi à connaître son adresse, et dans la vague espérance d'une aide, il s'était rendu au domicile du spécialiste.

La curiosité poussa le médecin à donner un rendez-vous pour l'après-midi même à cet homme.

Puis, l'ambiance du Congrès finit par avoir le dessus.

La dernière communication donna lieu à des discussions vivaces, dans lesquelles des éminents scientifiques posèrent des questions si savantes, que votre petite tête n'aurait aucune possibilité d'en saisir même quelques miettes. Ce serait donc absurde d'utiliser ce langage inaccessible. La seule remarque qu'il vous sera possible de comprendre est celle d'un petit agrégé qui n'avait même pas reçu un Prix Nobel.

Le Professeur Rondecroupe demanda au conférencier si par hasard il connaissait un certain Plaute, auteur latin perdu à la lisière du monde étrusque deux siècles avant notre ère. Devant la réponse négative de l'Académicien, le petit professeur eut le toupet de citer - on ne sait pourquoi - quelques répliques de la pièce qui sortait des canons habituels de l'époque où elle fut écrite :

SOIMEME

Quel est donc celui-là ? Il me rappelle quelqu'un... Quelqu'un que je connais bien. Quelle mine patibulaire. Quel air d'abruti !

LE DOUBLE

Tiens ! Qui es-tu ?

SOIMEME

Vulca... Fils d'Athunis.

LE DOUBLE

Tu mens comme tu respires...

SOIMEME

Et comment ?

LE DOUBLE

Tu ne peux pas t'appeler Vulca : c'est impossible.

SOIMEME

Elle est bien bonne. Et pourquoi ?

LE DOUBLE

Parce que Vulca, c'est moi.

SOIMEME

C'est le comble !

LE DOUBLE

Ce n'est pas le comble : celui que tu crois être, n'est pas toi-même ! Vulca a d'ailleurs une envie de fraise au creux de son aisselle gauche.

SOIMEME

Bien entendu : regarde !

LE DOUBLE

Tu dis n'importe quoi : ce n'est pas une envie de fraise, que la tienne. Mais une envie de vinasse.

SOIMEME (dérouté)

J'étais certain d'être Vulca, et je me trompais, peut-être.

LE DOUBLE

On n'est jamais certain de rien, dans ce monde.

SOIMEME

Mais alors qui suis-je, si je ne suis pas moi-même ?

LE DOUBLE

Que veux-tu que j'en sache ? Cela est évident : j'ai toujours été celui que tu croyais être…

SOIMEME

Et moi ! Serait-il possible d'être un autre ?

LE DOUBLE

S'il te reste l'ombre d'un doute, regarde mes bras… et mes muscles !

SOIMEME

Mes bras sont aussi gros que les tiens.

LE DOUBLE

Mais pas aussi puissants.

SOIMEME

Prends garde ! Tu viens de m'aplatir le nez… et le ventre.

LE DOUBLE

À la bonne heure ! Qui suis-je donc ?

SOIMEME (terrorisé)

Tu es moi ! Arrête de me battre… À la fin, comment pouvais-je savoir que je n'étais pas moi-même ? Qu'est-ce que cela peut me foutre, à la fin, que je sois ou non Vulca ? Je suis quelqu'un d'autre, si cela te revient ! Assez ! Assez ! Je suis personne. Mieux vaut être personne vivant, que Vulca inexistant…

- De nos jours, on a réalisé cette bizarrerie sur les animaux et peut-être sur les hommes, sous le nom de « clonage », poursuivit imperturbable le petit agrégé. Et la pensée du neurologue courut irrésistiblement à l'étrange inconnu qui était venu le voir.

Le lendemain, Verdieu trouva Antonio Canal - tel était le nom qu'il avait déclaré - fidèle au rendez-vous. Mais ses cheveux blonds faisaient douter de l'origine anatolienne prétendue. Quant au passé, des précisions confuses : « Dès que j'essaye de concentrer mes souvenirs, mes idées s'embrouillent. Je vois des ombres s'accumuler les unes sur les autres, mais je suis incapable de leur donner un sens. » Et pourtant il avait appris facilement le français et l'italien, de façon à se faire comprendre. Une constatation qui ne résoudrait pas grand-chose. Car une des caractéristiques de l'énoncé sur la descendance, réside dans l'adverbe « peut-être ». L'affirmation d'une certitude renferme invariablement la possibilité du contraire. À bout de forces, le neurologue avait pensé de se débarrasser de l'importun en le dénonçant à la police, puis son éthique médicale qui lui imposait de soigner les malades et non pas le livrer à des bourreaux, prévalut. D'autre part, il aurait perdu à jamais un spécimen tombé dans ses mains par un hasard miraculeux et seul susceptible de le rattacher à des racines lointaines et inaccessibles. Dans l'impossibilité d'obtenir d'autres précisions par son étrange client, il en parla à son confrère Corantine Profit, Chef du service de biologie du Centre Hospitalier Intercommunal, qui lui suggéra d'arracher, sous un prétexte quelconque, deux ou trois mèches de cheveux de Canal et les soumettre à l'analyse. Le résultat fut surprenant : il révélait une origine celte teintée de bretonne de la région de Vannes, et d'appréciables traces vénitiennes.

Voici pourquoi le clandestin ne se souvenait que d'une ville et d'un palais imposant, d'un rio appelé la Sinse ou la Sanse.

Pour le savant, tout cela tournait à l'obsession, et quand son malade ne se présenta pas au dernier rendez-vous - il était parti sans laisser d'adresse - la police le cherchait en tant que membre probable d'une organisation terroriste - le praticien ne trouva d'autre repère que ce palais merveilleux du quartier de Careggio à Venise. Il était justement à la recherche d'un vieux château pour abriter sa retraite, et s'en rendit acquéreur sans trop de peine. Renseignements pris, l'immeuble avait été édifié au XVIIe siècle par Baldassare Longhena, « riche en nobles pièces avec une grande salle de bal peinte à la façon d'une architecture, et une galerie tout autour, ou semblent se promener des masques dus aux pinceaux mythiques de Giandomenico Tiepolo et de Mengozzi Colonna. Dans la salle à manger, une cheminée magnifique, composée de différentes sortes de marbre, rouge de France, vert antique, noir africain, blanc de Carrare, avec des figures allégoriques et des bas-reliefs. »

Tout ça avait disparu et rien ne subsistait que des murs délabrés par l'incurie et le temps.

Dans sa quête pour reconstituer l'existence de l'inconnu, le neurologue se rendit compte de la vérité des affirmations de sa collègue, qu'il avait d'antan écoutées d'une oreille incrédule et distraite : il suffisait de quelques générations pour savoir qu'on est tous des « clandestins » et que la plupart de ceux qu'on appelle « les autochtones » ne sont que des étrangers venus d'ailleurs, parfois de très loin, et dont on a perdu les débris d'origine.

Ainsi le palais de Careggio qui représentait la dernière étape connue, ne livrait aucun élément susceptible d'éclairer la quête de Verdieu.

Le nouveau propriétaire avait fouillé en vain tout l'immeuble et s'apprêtait à renoncer à ses recherches, quand un vieux jardinier à qui il avait fait recours pour nettoyer le parc, lui signala que dans une petite masure de l'annexe, avait habité du temps de son enfance, un alchimiste arabe, qu'on avait arrêté ensuite, car il s'adonnait à des expériences diaboliques, selon les dires des voisins. D'après les voix du peuple, les femmes stériles faisaient recours à ses interventions pour avoir des enfants. Par suite de ses diableries, les naissances étaient invariablement quadruplées, ce qui avait poussé les autorités à intervenir. Alerté par les dires du paysan, le médecin chargea une équipe de maçons de raser ce qui restait de la petite bâtisse. Son entêtement fut récompensé, car les ouvriers mirent à nu une espèce de placard où des rouleaux moisis ayant appartenu selon toute vraisemblance à l'Arabe, étaient enfermés depuis longtemps, et, découverte inespérée, on faisait état de l'origine de la famille Canal. Sa source ancienne (ou inventée par l'Arabe ?) se perdait en Auvergne à l'époque néolithique quand les volcans des Puys s'éteignirent, dans un dolmen du Massif Central. L'arrivée des Celtes obligea les autochtones à quitter le pays. La lignée était suivie jusqu'à Pépin le Bref et de là à Charlemagne jusqu'à Rome pour son couronnement. Elle faisait état de Gerbert, ancien moine, médecin réputé élu pape. Il s'adonnait à des expérimentations dangereuses en sectionnant un ovule, créant la source de quatre espèces aux destinées différentes.

Là s'arrêtait l'itinéraire inconnu. Peut-être, tout cela n'était qu'un fruit du filoutage de l'Arabe destiné à justifier ses théories sur la descendance. Il paraît d'autre part, que pendant un transport de marbre vers Constantinople, le navire commandé par une navigatrice intrépide (Loredana Venier ?) fut arraisonné par les Turcs et que l'un des fils de la capitaine fut vendu comme esclave en Iraq où on le baptisa Al Canal. À ce moment-là, Verdieu crut entendre les réminiscences de sa grand-mère maternelle, dont le nom de jeune fille ressemblait à celui de la navigatrice. Mais ce n'étaient que des ombres qui venaient de loin, altérées par le temps et d'une saveur immémoriale et floue. Ou bien, plus anciennement, les naissances quadruplées par l'Arabe, constituaient-elles le lien avec le mystérieux spécimen surgi de l'autre côté de la mer ?

De toute façon, la boucle était interrompue et Verdieu fut bien obligé de relier l'odyssée de son client à une force ancestrale qui l'avait contraint à revenir dans son pays d'origine. Mais il s'agissait d'une simple hypothèse que seul l'inconnu aurait pu confirmer.

Hélas ! Canal avait disparu.

Peut-être avait-il quitté le pays ?

Le chercheur était donc condamné à demeurer la proie de son obsession, car l'ensemble de ces éléments concourait à faire pencher la balance vers l'hypothèse d'une parenté biologique, mais une fois qu'on les séparait, aucun d'eux ne donnait la moindre certitude, même pas l'hallucinante vraisemblance, qui aurait pu dépendre d'un simple hasard. Et le grand neurologue qui connaissait le peu de différence entre le réel et le rêve, préféra imaginer qu'il ne s'agissait que d'un songe, et qu'il n'avait jamais reçu dans son cabinet cet Antonio Canal, sans doute confondu dans son inconscient, avec le nom célèbre d'un paysagiste nommé Canaletto.

LA VINGT-SIXIÈME DIMENSION

(fin juillet 2002)

C'est une impression étouffante dont je n'arriverai jamais à me délivrer : la rencontre d'un réel avec un autre. Il faudrait tout de même s'entendre sur le sens de ce mot. S'agit-il de la réalité qui nous environne depuis notre naissance ? Pouvons-nous croire à un réel en deçà de nos structures mentales, sans qu'il soit possible de l'atteindre ? Une réalité existante d'une façon absolue indépendamment de nos perceptions sensitives ? Et les rêves ? N'avons-nous pas l'impression, quand nous rêvons, d'être en pleine réalité ? Si quelqu'un dans un songe essayait de nous persuader qu'il ne s'agit que d'un mirage de nos sens, ne penserions-nous pas que notre interlocuteur travaille du chapeau ? Et si quelqu'un nous disait, quand nous sommes éveillés, qu'il ne s'agit que d'un rêve, que répondrions-nous ? Comme vous le constatez, la réalité de ce qui existe dur comme fer, sans l'ombre d'un doute, est déjà impossible à préciser. Tout est rêve. Et tout est réalité. Ma profession d'antan est là pour me suggérer les comparaisons les plus hardies. Mes ex-collègues, les physiciens, ont débattu sans cesse sur la nature de ce qui existe à profusion sous nos yeux : la lumière. Se propage-t-elle par l'impact de petits corps qui frappent les choses ? Ou bien, comme une onde qui, à l'instar d'une surface liquide frappée par un caillou, se répand d'une façon harmonieuse sans apport de matière ?

Je suis arrivé à perdre mes rassurantes certitudes, depuis le jour où, par suite d'investigations imprudentes, je me suis rendu compte de la fausseté de notre vie, construite en entier sur des apparences et des mirages. Cela vous étonne ? Ou plutôt, n'avez-vous rien compris ? C'est l'hypothèse la plus probante, car chez nous les scientifiques, on procède toujours par hypothèse, et après en avoir échafaudé une, on s'acharne à la remplacer par une autre que nous croyons plus apte à nous donner une explication satisfaisante de ce que nous ne comprenons pas, de ce que personne n'a jamais compris, de ce qu'aucun vivant ne comprendra jamais.

Parvenu à ce point, il faut bien que je me présente. Je m'appelle Henry. Henry Trichot. Banal, n'est-ce pas ? Vous avez peut-être entendu parler de moi. Je ne suis pas aussi célèbre que Zadine ou Johnny. Je me suis adonné à des tâches bien plus modestes, à l'exemple de la superposition quantique des particules qui n'occupent pas une position spatiale définie. Propos inutiles qui ne riment à rien. J'étais si heureux, quand je formulais l'équation. Dégagé de tout poids de la terre. Quand un soir, au long de mes randonnées du promeneur solitaire, tout en pensant à un défaut conceptuel qui risquait de bouleverser de fond en comble mon édifice harmonieux, je crus soudain reconnaître ma compagne d'études disparue d'une façon inexplicable il y a trente ans, et ensevelie dans le fond d'une jeunesse perdue. Christelle Mendel, dix-neuf ans, major du cours d'entomologie à Parly IV. S'agissait-il d'une image immatérielle ? Qui qu'elle fût, j'en reçus un choc terrible car j'en avais été follement amoureux et j'avais pleuré sa disparition avec désespérance.

Avait-elle été victime d'un rapt ? S'était-elle tuée ? On n'avait jamais retrouvé son cadavre. J'appris de sa bouche, que la vérité était tout autre. Ses expériences sur les insectes, étaient parvenues à un point mort. Tout près de la réussite, elle s'était rendu compte qu'il lui serait nécessaire pour gravir le dernier échelon, d'un appareillage si lourd et si coûteux qu'aucun centre universitaire n'aurait jamais été en mesure de lui fournir. Christelle avait été une femme superbe et les souvenirs de son attrait d'antan m'avaient envahi comme un raz de marée. J'étais emporté par ses yeux gris et le parfum de son corps. J'aurais fait n'importe quoi pour ne pas la perdre à nouveau, et quand l'imprévisible créature me fit part de son activité actuelle, je trouvai cela presque anodin.

Profitant de la mort d'un oncle et de l'autorité qui lui était échue par le testament du parrain, exactement comme j'avais lu dans les mémoires de la célèbre anarchiste Rudy Ardisson, Christelle était devenue le chef d'une bande spécialisée dans les attaques aux convoyeurs de fonds. Les sommes fabuleuses ainsi accumulées n'étaient pas destinées à l'assouvissement d'un vice ou d'un plaisir, mais à l'accomplissement de sa chimère d'érudit. Quand elle plaça, comme par mégarde ses bras encore désirables et presque virtuels, autour de mon cou, je n'eus pas la force de lui refuser mon aide, ma vie, et tout ce qui était en mon pouvoir. Ainsi, au lieu de demeurer dans ma situation confortable et acquise de savant, je devins un criminel.

Un criminel ? Mes nouveaux revenus n'étaient point destinés à des dépenses somptuaires. La moitié était investie dans mes recherches, car la quête de l'unité me harcelait toujours ; le quart, à l'indemnisation des familles des convoyeurs morts ou blessés en service. Mon intervention ne se limitait point comme celle de l'État, à quelques médailles sans valeur et à des discours inutiles, mais s'étendait à la tranquillité financière des familles de ceux que notre société hypocrite envoyait froidement au massacre. Le reste était employé dans le saint combat contre les institutions bureaucratiques et nuisibles : on organisait, entre autres, des rapts d'hommes d'État qui n'étaient relâchés qu'à prix d'or et sans l'engagement de se désintéresser de l'activité bienfaisante de l'organisation. Mon labo et celui de Christelle occupaient deux étages d'un immeuble acheté au nom d'une société factice, toujours en perte, qui ne pouvait pas être extorqué par le fisc car elle dépendait à son tour d'un holding placé à l'étranger et propriété d'une banque implantée dans les Îles Ferrybaute, qui - comme tout le monde sait - constituent un ordre souverain au-dessus des ignobles exactions des États.

Cela était bien entendu secondaire : nous étions près de la connaissance absolue que les appareils financés par nos entreprises allaient concevoir et nous tendre comme un fruit mûr qui se détache tout seul de son arbre. J'avais réussi à comprendre par ma douce amie à travers ses paroles de notre folle jeunesse, que les grosses fourmis de son élevage étaient des mathématiciennes structurelles et, ce qui pour nous, dès l'aube de l'enfance était condensé dans le langage, pour elles était réuni dans le symbolisme algébrique. Le problème était simple : arriver à traduire dans nos sensations l'esprit de ces hyménoptères, car l'impossibilité de communiquer avec ces insectes surdimensionnels, s'apparentait à notre impuissance de connaître les lois de la nature, puisque nous ne pouvions condenser sur nos quatre dimensions perçues les vingt-six existantes. La question de l'accessibilité du réel se posait encore une fois, avec toute sa rigueur inexorable. Étions-nous en mesure de comprendre cette volonté ou cette indifférence qui régit l'univers ? La réponse à nos interrogations ne serait-elle pas dictée par notre demande ? ou plutôt, déjà inscrite en elle ?

Malgré ces obstacles, je m'abandonnais à la seule évidence sensible pour un homme : celle de l'amour et à ses dimensions sans bornes. Christelle était la réponse à toutes mes angoisses, à tous mes penchants, à tous mes doutes. Ses jambes étaient encore désirables et son parfum continuait à m'enfermer comme une toile d'araignée, non pas de celles que les physiciens poursuivent avec froideur, mais une dimension inconnue qu'aucun savant n'aurait été en mesure de calculer et de restreindre dans une formule. Dans ma folie, je m'approchais ainsi de la solution du problème. Ce fut au réveil d'une étreinte virtuelle à l'instar de ces vérités que les savants expriment dans leurs équations et qui sont purement imaginaires, que l'écrasante certitude foudroya mon esprit : impossible, pour un aveugle de naissance, de concevoir des images pour nous, les voyants, tout à fait naturelles, mais pour lui inexistantes, à l'instar de ces évidences des insectes, qui n'ont jamais eu aucune chance d'être perçues par les hommes.

Je vivais donc une sorte d'aventure impalpable, à côté de la femme qui existait pour moi seul. Les corps quadri-dimensionnels sans lesquels nous ne serions pas, s'étaient effacés, réduits à des impacts de corpuscules qui se comportaient comme ils ne pouvaient guère, c'est-à-dire, comme des ondes ou des expressions incertaines et indéfinissables.

Et à l'improviste, je m'aperçus que Christelle gisait dans l'informe à venir, ou dans le néant du passé. Les insectes s'étaient enfin exprimés sur la longueur d'onde des hommes, mais elle ne pouvait les entendre, et moi, j'étais mort. Je ne sais, si avant d'avoir revêtu l'apparence de mon corps, ou ensuite. Cela n'a d'ailleurs aucun sens, car on ne peut pas échafauder une existence en dehors de nos quatre coordonnées, et en même temps à l'intérieur des vingt-six dimensions inconcevables.

P.-S. Cette nouvelle a été écrite pour les savants qui ont conçu les vingt-six dimensions nécessaires pour laisser à la force de gravitation la place qu'elle mérite, c'est-à-dire, pour justifier le réel.

LE PALIMPSESTE

(7 septembre 2002)

Fleurance leva ses yeux fatigués du « Florilège des dictons provençaux » rédigé au XVIe siècle par Azemar Peladan, qu'elle avait réussi à subtiliser à la Bibliothèque Municipale de Minerbes.

« Taulo que branlo, capelan que danso e filho que parla latin fan toutei marrido fin. »

« Table qui branle, chapelain qui danse, et fille qui parle latin, font tous une mauvaise fin. »

Il y avait dans ce proverbe, une sage vérité pour cette femme qui avait voulu s'affranchir du carcan des superstitions de son vieux patelin perdu dans la surprenante nature des montagnes du Luberon. De lointains souvenirs se pressaient dans sa mémoire : la place de l'Horloge avec la noble maison Renaissance, où la jeune fille s'ennuyait dès les premières lueurs de l'aube jusqu'au coucher du soleil, l'église à l'extrémité du village, sentinelle vigilante et trapue contre les envahisseurs, la vue inquiétante sur la vallée du Coulon avec ses falaises ocre jaune et le Mont Ventoux ; l'ancienne citadelle avec ses tours d'angle, construite sur l'emplacement d'un « oppidum » romain ou gaulois - qui sait ? - dont les traces s'étaient effacées pour toujours.

Fleurance avait perdu ses parents dans les premières années de sa vie. Ces deux paysans incultes, violents, abrutis par le soleil et les travaux de la terre, avaient disparu à l'improviste, peut-être dans le gouffre de l'Aven de Marzal, où Dechame Auribeau avait ouï dire qu'un trésor avait été enseveli au fond de la salle des diamants, par les Sarrazins en déroute. Quoi qu'il en soit, ce fut le premier et le dernier voyage de ces deux contadins avides et naïfs.

La petite fut recueillie par le curé de Ménerbes qui la considéra comme sa fille, et grandit dans la maison paroissiale. Les mauvaises langues qui ne manquent jamais dans les villages et même dans les villes, prétendirent sans aucun fondement qu'il s'agissait d'un péché de jeunesse du Père Chanouille qui, par son silence et sa discrétion, ne démentit jamais la nouvelle.

« La salle des diamants elle se souvenait encore de cette grotte féerique qu'un jour le digne prélat lui avait fait visiter. Fleurance n'avait pas oublié la vieille femme emmitouflée de noir, au visage ratatiné comme celui d'une sorcière qui leur avait servi de guide, et ses histoires de dieux tout puissants qui s'étaient réfugiés au fond de l'Aven pour échapper à la curiosité des hommes. À la lueur des torches, à peine éclairée par les milliers de feux que les cristaux multicolores projetaient dans le noir, le guide-sorcière parlait des puissances mystérieuses qui se cachaient sous la magie des stalactites aux formes étranges et excentriques suspendues à la voûte. C'était le temps où les Dieux parcouraient la Provence et enseignaient aux hommes ignares, les secrets de la vie et de la mort, de la fusion des alliages, de la fabrication des rubis et des saphirs. La sorcière donnait l'impression de tout savoir, de ne pas être une vieille comme les autres, mais une puissance mystérieuse et ronchonnante, et ses paroles imitaient le bruit de l'eau sournoise qui venait on ne sait d'où pour se perdre dans des abîmes inaccessibles et lointains.

Plus tard, lors de ses études, Fleurance avait retrouvé ces mystères dans la caverne de Montesinos où le preux Don Quichotte avait vécu ses plus étranges aventures. Mais à ce moment-là, elle n'était qu'une fillette de dix ans, et croyait à tout ce qu'on lui racontait, surtout dans ce noir envoûtant et au milieu de ces gouttes de splendeur que l'œuvre lente et opiniâtre de la nature avait fait surgir comme des fleurs prodigieuses de la profondeur aveugle et sans forme du passé. L'enfant n'avait pu résister à la tentation de s'emparer d'une pierre verte bariolée de rouge qui surgissait de la paroi à portée de sa main. Son geste n'avait pas échappé à la sorcière. Se voyant surprise, elle était sur le point de ressortir le caillou de sa poche pour le déposer sur le sol, quand un pan du rocher se fendit et une poussière étoilée s'effrita au-dessus des touristes affolés.

« Garde-le, mon petit, lui susurra la vieille au milieu de la frayeur que l'éboulement avait provoquée dans le petit groupe. Les génies de l'ombre ont voulu te prouver leur bienveillance. Aucun de nous n'a été blessé et cela m'a surpris. Car chaque fois qu'un visiteur de la grotte a cherché à s'emparer, ne fût-ce que d'une seule de leurs gouttes de lumière, la voûte s'est effondrée sur la tête du voleur sacrilège. Je ne sais pourquoi tu as été épargnée par la volonté de ces êtres inconnus. Garde ce cristal, et fais bien attention à ne pas le perdre. »

Le curé trouva la pierre si belle qu'il la fit enchâsser dans une boucle d'argent avec une image pieuse de madone. En souvenir des puissances de l'ombre, et pour faire plaisir à son père adoptif, Fleurance pendit à son cou l'amulette, et ne la quitta plus jamais.

Eh oui : une fille qui parle latin, comme disait le dicton, est destinée à une fin malheureuse. Pour une femme, la sagesse consiste à se contenter d'une vie morne, à côté d'un rustre de mari et à parcourir et reparcourir les dalles plates des rues du village, polies et repolies par les pas résignés de générations innombrables.

Fleurance avait quitté Ménerbes à douze ans, pour continuer ses études à Aix, où elle avait été placée dans le couvent des Ursulines Savantes. Cet ordre voué à la vie contemplative et à l'enseignement, avait paru au saint homme la meilleure garantie pour une saine éducation de l'enfant, qui s'était révélée d'une intelligence supérieure, et d'un esprit vif et curieux.

Les années s'écoulèrent sans bruit. La jeune fille apprit le latin, le grec, l'histoire des religions, la théologie, les œuvres de Saint Albert, de Saint Augustin, de Saint Jérôme, de Saint Thomas, de Saint Luc. Elle gravit tous les degrés de l'École, et il ne lui resta plus qu'à s'inscrire à l'Université.

Fleurance attendait. Quoi ? Elle brûlait paisiblement de cette vague attente, de cette espérance d'avenir qui est inscrite en nous, de la naissance à la mort.

Comme la vie est volubile, changeante. Comme il faut peu de chose pour vous faire rencontrer le bonheur ! ou de vous mettre en face de la mort…

Ce peu de chose fut, pour elle, la rencontre avec Bernard Cadenet titulaire d'une licence en gemmologie et inscrit au cours de sémantique structurale, récemment institué à la faculté de littérature. À dire vrai, cette inscription n'était qu'un prétexte, pour avoir accès à la fameuse bibliothèque du Musée Paul Arbaud interdite au public, et riche d'anciens palimpsestes alexandrins et d'in-folio recouverts par les gloses de plusieurs générations de savants.

Pour le lecteur dépourvu, nous ajouterons qu'un palimpseste est un manuscrit, généralement sur parchemin, dont on a gratté la première écriture pour pouvoir y tracer un nouveau texte. Ainsi, au moyen âge, l'ignorance des moines et la rareté du cuir effacèrent des sources d'une extrême importance pour les remplacer par des inepties, des prières, des sermons, des futilités ou des babioles. Les techniques modernes, surtout la découverte des rayons infrarouges, ont permis de ressusciter parfois l'ancien témoignage enseveli sous une couche plus récente. C'était bien cela qui attisait l'intérêt de Bernard. L'oxyde d'aluminium cristallisant dans le système rhomboédrique, minerai très commun dans l'écorce terrestre, l'avait toujours fasciné. Pour qui cette terminologie rebutante n'aurait pas de sens, nous ajouterons que ce cristal s'appelle corindon, et que certaines de ses variétés transparentes, inaltérables et presque aussi dures que le diamant, sont connues sous le nom de rubis si elles sont rouges, et de saphir si elles sont bleues. Ces pierres étant fort prisées depuis l'âge du bronze, une tradition tenace prétendait que des carriers légendaires avaient réussi contre toute attente, à les repérer dans les avens des montagnes provençales. L'occupation d'Arles par les Wisigoths en 425, fut rendue possible par une poignée d'esclaves - des savants raflés on ne sait où - qui leur livrèrent la méthode des flèches enflammées d'un feu qu'aucune puissance humaine ne pouvait éteindre. En récompense de leurs services, ces hommes cultivés, provenant d'une civilisation inconnue, se virent attribuer des terres dans la chaîne des Alpilles, ainsi que des femmes pour la reproduction et le plaisir.

En poursuivant ses recherches, Cadenet apprit que Théodulfe, évêque d'Orléans au VIIe siècle, faisait état des cristaux et des gemmes d'Orient qu'on trouvait à profusion au grand marché d'Arles, sans que l'on pût identifier leur origine. Ces pierres extraordinaires venaient-elles de Perse ou de Syrie ? Mais les routes maritimes étaient coupées depuis belle lurette… Ou s'agissait-t-il, au contraire de gemmes provenant des cavernes des Alpilles ?

Le secret de leur gisement fut sans doute consigné d'abord sur des parchemins abrités à l'ombre des monastères. Plus tard, bien plus tard - ainsi que nous l'avons dit - ces parchemins furent grattés par des moines ignares, et remplacés par des jaculatoires et des litanies. D'où les anciens palimpsestes de la bibliothèque d'Aix provenaient ? Leur surface irrégulière et rugueuse trahissait le traitement auquel ils avaient été soumis. Aucun doute, que sous les caractères tarabiscotés et apparents, sous leurs naïves enluminures étaient ensevelis des secrets très anciens dont la trace aurait pu être détectée par les techniques actuelles.

Baigné par la lumière invisible des rayons infrarouges, le parchemin in-folio (subtilisé à la Bibliothèque du Musée Paul Arbaud, sous le manteau de Bernard, et maintenu sur son ventre par la ceinture du pantalon), commençait à révéler son substrat. Les caractères qui avaient été raclés par le scribe, se reconstituaient peu à peu à la surface du palimpseste se superposant aux litanies en l'honneur de Saint Pancrace l'Hermite et aux laudes de la bienheureuse Pétronille.

- Fleurance ! Fleurance ! La voix du gemmologue résonna sous les voûtes de l'ancien couvent, qu'ils avaient occupées pour jouir en paix de leurs amours volcaniques, et pour demeurer tout près de l'aven des Diamants.

- J'ai trouvé, Fleurance ! Il n'y a pas de doute. Ceux qu'on appelle les diamants de la grotte, ne sont que des quartz. Des cristaux destinés à éblouir les visiteurs naïfs, et à égarer leurs recherches. Mais au fond de la caverne, le palimpseste affirme qu'un couloir s'ouvre dans les entrailles de la montagne. Ce couloir fut bouché il y a plusieurs siècles, afin que personne ne puisse percevoir la lumière rouge de l'intérieur de la terre, qui était appelée en ces temps de superstitions, « la lumière du diable ». Et pour reconnaître la paroi à creuser, les Wisigoths auraient placé devant son embouchure une pierre verte bariolée de rouge d'une étrange transparence et si légère qu'on aurait dit qu'elle était faite de néant.

D'un coup, la jeune fille se souvint du cristal dont elle s'était emparé en son jeune âge, et ce fut presque par jeu que Fleurance montra l'amulette à Bernard.

Une fois la paroi du fond déblayée, un long couloir apparut au regard ébloui des deux visiteurs : des cristaux gigantesques rouges, verts, bleus et jaunes pendaient de la voûte, et Bernard n'eut aucune peine à reconnaître des émeraudes, des rubis, des saphirs, des topazes… Il n'y avait plus qu'à lever la main pour s'emparer de cette profusion de couleurs. Jamais, de mémoire d'homme, de témoignage de savant, une telle richesse s'était concentrée en un seul gisement : rien qu'un de ces milliers de verres coloriés aux formes régulières, aurait fait la fortune de son possesseur.

Comment les arracher de la voûte sans laisser de traces ? Comment ne pas éveiller la cupidité des hommes ? Fleurance eut l'impression d'entrevoir la sorcière qui l'avait escortée lors de sa première visite. Elle continuait le discours qu'elle avait commencé il y a vingt ans : les puissances mystérieuses s'étaient déchaînées, bienveillantes, pour accomplir la promesse de bonheur qu'elles avaient annoncé à la petite. En plus d'une immense fortune, Fleurance détenait une immense sagesse, cette sagesse, ce savoir défendu aux femmes. Comment désormais, se contenter d'une vie morne, à côté d'un rustre de mari, comment parcourir et reparcourir les dalles plates des rues du village, polies et repolies par les pas résignés de générations innombrables ?

« Taulo que branlo, capelan que danso e filho que parla latin fan toutei marrido fin. »

Un vieux guide parle encore de nos jours, de l'atroce aventure de deux jeunes écervelés qui, partis à la chasse de cristaux, furent écrasés dans la grotte des Diamants par les éboulis de la voûte.

LE MUR DE LA LUMIÈRE

(Octobre 2000)

Sur la côte du Midi de la France, le 20 juin vers le soir, un aérolite tomba dans la mer devant la route sinueuse, qui reliait Cassis à Marseille. Pourquoi, au juste un 20 juin? Hélas, il s'agit du seul point de repère qui m'ait été livré. Les autres événements se déroulent autour de ce repère, sans avoir plus de consistance que lui. Jusqu'ici rien d'étrange, en dehors de mes considérations personnelles. L'étrange, étant survenu par la suite ou antérieurement, selon le point de vue où l'on se place. Malgré que les entrées de ces bolides dans notre atmosphère représentent un événement assez fâcheux, elles se produisent assez souvent et passent la plupart des fois, inaperçues. Mais allons par ordre, bien que dans mon histoire, votre ordre ne soit pas de mise. Vous allez vite comprendre pourquoi.

Ce phénomène fut constaté par un témoin digne de foi il s'agissait d'un monsieur dont l'habillement trahissait l'importance. Il était sanglé en effet, dans une redingote noire, sur laquelle se détachait en rouge, la rosette de la Légion d'Honneur. Sa tête était coiffée d'un chapeau melon gris. Pour le localiser, permettez-moi de vous faire savoir que la date de l'étrange événement se situe aux environs de l'année 1912.

Le Docteur Jérôme Priscilien Pascal était sorti de sa villa de Port-Miou, pour une promenade hygiénique au bord de la mer. Après avoir été alerté par un bruit insolite, il s'aperçut à sa grande surprise, qu'un homme vêtu d'une combinaison fantaisiste, se débattait contre les vagues. Le docteur comprit aussitôt que l'inconnu était en grand danger et que seule une intervention immédiate aurait pu le sauver de la mort.

Il ôta sa redingote, la plia précautionneusement, et se jeta à l'eau. Puisqu'il était bon nageur, après quelques efforts, réussit à ramener le corps sur la plage, et commença à lui pratiquer la respiration artificielle. Au bout de quelques minutes, grâce à son très grand professionnalisme, il arriva à le ranimer. Après lui avoir posé quelques questions auxquelles il ne réussit pas à avoir de réponse sensée, le docteur qui paraissait avoir une grande habitude de ces cas de perte de conscience, demanda au jeune homme s'il était en état de tenir debout, et après un semblant d'accord le dirigea de l'autre côté de la route dans une petite avenue bordée de tilleuls. Un portail, un jardin, un perron, un vestibule, une pièce. Il fait allonger son hôte dans un fauteuil confortable. L'œil de ce dernier se pose involontairement sur une grande photographie pendue au mur. Il s'agit du portrait du Monsieur au chapeau melon, bien plus jeune qu'il n'était là devant lui, en chair et en os et que le naufragé est certain de ne pas rencontrer pour la première fois.

- Quel hasard ! Votre présence m'a été signalée par un déplacement d'air. Un semblant de cyclone aussitôt résorbé. Une déflagration singulière qui ne ressemblait à aucune autre, une espèce de sifflement bizarre. J'avais d'ailleurs été intrigué par une sorte de radeau qui a disparu, englouti sans doute par les vagues. Mais répondez-moi ! Auriez-vous perdu la langue ?

L'inconnu, tout en ayant l'air de n'être nullement dépaysé, hésitait à répondre : les éléments du cadre de la vie de son sauveur lui paraissaient si fragiles, presque irréels, comme s'ils n'avaient jamais eu la moindre cohésion, et pourtant nécessaires pour justifier cette issue d'où le naufragé était sorti, indispensables pour expliquer sa présence.

Et tout à coup, l'espoir d'éclaircir cette situation délicate, eut le dessus :

- Vous répondre ! La course s'est arrêtée dans l'instant. Comme brisée par un mur. Un mur infranchissable... Je me trouve sans doute en aval de la réalité. Laquelle ? La mienne d'avant mon départ ? Impossible ! bredouilla le jeune homme, en reprenant ses esprits.

- Ah ! Vous parlez notre langue, répliqua le Monsieur au chapeau melon, réjoui. À la bonne heure ! Ce détail, facilitera ma tâche.

- À quoi dois-je le miracle d'être encore de ce monde ?

- Tout simplement à mes qualités de nageur. Et à mon expérience médicale. Vous vous appelez comment ?

- Claude. Claude Bretteville.

- Ah ! D'origine normande ?

- D'origine inconnue ! Mais cela n'a aucune importance, vis-à-vis de la disparition de mon compagnon de voyage. Raymond était là à son poste. Il n'a laissé aucune trace... Incroyable !

- Il n'y a rien d'incroyable. Tout s'explique, à condition d'avoir les idées claires. Le cas qui nous concerne, répond aux normes les plus simples de la logique. Je suis le Docteur Jérôme Priscilien Pascal, Directeur de l'asile d'aliénés de Marseille Sud. Je me trouve sans doute en présence du survivant d'un naufrage. Vous venez de parler d'un certain Raymond. Il a été peut-être englouti par les eaux. Je le regrette. Mais jusque-là... rien de plus naturel.

- Vous venez de le dire. Ce qui n'est pas naturel à tout prendre, c'est que je ne me sois pas volatilisé en même temps que lui.

- Du calme ! Du calme, voyons ! Vous avez séjourné dans l'eau combien de temps ?

- Oh, le temps…

Claude prononça ce mot d'une façon crispée, comme s'il évoquait en lui des souvenirs insupportables. Le docteur n'avait nullement l'air de comprendre. Tout en connaissant presque tous ces cas pathologiques, il n'avait jamais constaté qu'un seul mot puisse produire une réaction si inquiétante. Par surcroît, il était très intrigué par la matière et la coupe de l'accoutrement du jeune homme. Il n'avait jamais vu un tissu de ce genre. Il demanda à Claude pourquoi il était vêtu de la sorte. Il ne reçut qu'une vague réponse dans laquelle il crut comprendre une seule expression : « radiations cosmiques » ce qui confirma aussitôt sa certitude de se trouver en présence d'un fou. Sans doute, le séjour prolongé dans la mer avait altéré le jugement de son interlocuteur. Mais à présent, il fallait parer au plus pressé. Il essaya de le persuader qu'il avait besoin de repos, beaucoup de repos et que « La clinique de l'Espérance » lui conviendrait à merveille. Qu'il était sans doute en bonnes mains, et que plus qu'un médecin aurait trouvé en lui un ami. Cela suffit à déclencher des réactions inquiétantes. L'inconnu avait échafaudé une hypothèse saugrenue, en prétendant que la redingote du docteur, son chapeau, ne représentaient qu'un déguisement dû au Carnaval. Et à la grande déception du praticien, il avança aussitôt une conclusion insensée : le temps serait revenu en arrière !

- Le temps en arrière. Comment pouvez-vous prétendre une énormité pareille ?

Eh oui, Claude était sûr que l'engin avait dépassé une certaine vitesse, la base, l'échelon de notre monde concret…

- Ce qu'il me faut entendre ! De quelle vitesse parlez-vous ?

- Celle de la lumière !

- Trois cent mille kilomètres à la seconde, rétorqua avec ironie le spécialiste. Allons, allons, soyons sérieux. Je vais vous aider par un exemple logique. Il y a une semaine, à Chicago, l'aviateur Jules Védrine a volé à la vitesse incroyable de 174 km à l'heure. Mais nous touchons là de toute évidence aux limites des possibilités humaines. Il ne faut pas rêver !

- Vous venez de le dire ! s'exclama le jeune homme. Je suis en train de rêver.

- Vous rêviez peut-être, tout à l'heure. Maintenant, nous sommes en plein dans le monde réel. Il serait aisé de vous en administrer la preuve !

- Votre redingote, peut-être ? Ou votre melon ? quand j'étais gosse, les cochers de fiacre…

- Les cochers de fiacre ? Et comment devrait s'habiller pour vous plaire, je vous le demande, un notable de mon état et de ma condition en 1912 ?

Claude n'arrivait plus à comprendre. Il doutait même de la date avancée par l'autre. Mais son interlocuteur sortit de sa poche un journal qui sentait l'encre encore fraîche. C'était « Le Gaulois » et portait la date fatidique en toutes lettres.

- Et donc à vous en croire, et à ce que je suis forcé d'admettre, je suis vraiment dans cette pièce, en chair et en os à mon âge, ce 20 juin 1912, date à laquelle je n'avais que dix ans !

Les épisodes qui s'étaient déroulés entre ces deux vingt juin étaient sans doute de nature à ébranler la raison la plus solide. Claude s'attendait à une explication rassurante de cette inconséquence illogique. Ce fut le contraire, qui se produisit.

Sur la table se détachait, dans un cadre élégant, la photo d'une fillette, qui présentait une vague ressemblance avec la personne qui aurait eu une emprise essentielle dans la vie du jeune homme.

Les éléments du puzzle se recomposaient un par un, mais pas dans le sens prévisible. La réaction subite de l'inconnu n'échappa guère au regard scrutateur du spécialiste :

- C'est mon enfant.

- À quelle date ?

Il y a trois jours. Cela vous étonnera, cette profusion de photos au prix où elles reviennent. Je suis passionné par cette nouvelle technique, presque miraculeuse, qui arrête l'instant qui passe, et évite la dépense prohibitive du recours à un peintre professionnel. C'est mon dada.

- Garance ! s'écria l'autre.

- Vous connaissez le nom de ma fille ? C'est si peu commun…

- Je me trouve donc en présence de mon beau-père ! Ce beau-père que je n'ai jamais connu et dont elle me parlait souvent. Mais oui ! Tout correspond… On est en 1912, vous venez de le dire… Je me souviens de la date de naissance de ma femme : 1907. En 1930 elle avait vingt-trois ans.

- Votre femme ? À son âge ? Vous voulez savoir comment s'appelle votre affection ? Délire vesanique !

- Je suis parfaitement lucide, malgré vos cauchemars injustifiés. La preuve ! En 1912 vous étiez encore de ce monde… Vous êtes mort en 1915 quand Garance n'avait que huit ans…

- En 1915 ? Dans trois ans ? Mon pauvre, vous ne savez pas ce que vous dites !

- C'est vous qui ne savez rien ! Moins que rien… Même pas le doute, la crainte, de ce qui va survenir !

Le regard de Claude s'arrêta sur un joli paravent à fleurs rouges. Il s'efforçait de trouver un point de repère.

- Vous voyez ? Je ne divague pas ! Les détails que je vous donne sont concrets, à preuve d'entendement. Faites un effort ! Dix-huit ans ont passé. Vous êtes mort depuis belle lurette… Garance est restée ici, chez elle. Ce sera notre demeure. Ces meubles je vais les vendre… Ils sont trop démodés…

- Vous dites un fatras d'insolences et de bêtises. Démodés ? Je viens de les choisir à la Foire de Marseille.

- Rendez-vous compte ! Je ne voudrais pas vous faire de la peine… Cette photo, pendue au mur, restera toujours à sa place. C'est une ombre sacrée ! Le souvenir du père de Garance mort le 17 octobre 1915 au champ d'honneur…

- Champ d'honneur ? Le monde n'a jamais joui d'une paix aussi solide comme à présent… Il est clair qu'il n'y aura plus de guerre… Avec ces armes de destruction massive… Dans votre esprit se déroule un mélange de réel et d'affabulation. Quel fouillis ! Je vais vous aider à y mettre de l'ordre…

- L'ordre ? Quel ordre ? Cette photo est restée pendue dans la salle. En 1930, elle y est toujours. Qu'est-ce que cela signifie ? C'est bien simple : pour moi, le temps s'est écoulé à l'envers.

- Bon, bon. Vos propos n'ont aucun sens, mais présentent une apparence cohérente qui a un seul défaut : elle dépasse la logique. Je vous aiderai à récupérer la mémoire. Il faut repartir depuis le début de votre rêve…

- Ce n'est pas un rêve. Tout s'enchaîne : le père de Garance était - c'est-à-dire, il est - aliéniste… Et dans la maison d'en face, habite un officier qui s'occupe de cette invention pleine d'avenir : l'aéronautique.

- Parlons-en : une nouvelle diablerie, qui présente plus d'inconvénients que d'avantages… C'est tout de même un repère pour vos troubles. Vous connaissez donc le capitaine qui habite à côté…

- Le général !

- Je viens de vous mettre en garde : il ne peut être Général à trente ans. On n'est guère au temps de Napoléon, que diantre !

- Qu'est-ce que ça change ? Je vous mets en face d'une vérité absolue : sa femme attend un bébé…

- Mais bien entendu. Il y a une explication précise à vos dires : vous avez habité ici il n'y a pas très longtemps…

- Ou presque

- La raison recommence à faire surface… Les problèmes soulevés par votre présence trouveront bien leur solution par la suite…

- Mais il n'y a aucun problème.

- Aucun. Tout est clair… rétorqua avec ironie l'aliéniste.

- Ce bébé, c'est moi !

De par sa longue expérience, le docteur craignait les névropathes. Il savait bien qu'en les contrariant, on obtenait le résultat opposé. D'ailleurs, l'entrebâillement de la porte avait laissé le passage à une fillette aux longs cheveux et aux yeux clairs. L'inconnu, sous l'emprise d'une émotion violente, s'était mis à crier :

- Garance ! C'est une illusion… un vertige ! Les yeux de tes vingt ans.

- Pas de sottises !

- Garance ! Te souviens-tu de moi ?

- Ça suffit ! Pourquoi prétendriez-vous que ma fille vous reconnaisse ?

Le jeune homme regardait dans le vide, avec la posture caractéristique des hallucinés.

- Vous ne pourrez jamais me comprendre, vous qui vivez dans l'actuel qui s'effrite…

- Où pourrait-on vivre ? Je vous le demande ! Dans le passé ? s'esclaffa le praticien.

- Dans le futur !

- Celui imaginé par votre cerveau maladif ?

- Il faudra bien justifier ma présence ! Ne riez pas. J'en deviens fou ! Qu'est-ce que cela signifie au juste ?

- Qu'il vous faut une douche froide !

Mais l'inconnu, perdant tout contrôle, pratiquait fiévreusement à l'aide d'un canif, des entailles dans le bois du paravent à fleurs rouges.

- Vous êtes fou? s'écria le médecin, au-devant du gâchis de son meuble.

- Je lui laisse un repère...

- Vous détruisez mon paravent ! Une pièce de musée irremplaçable...

- J'incise son nom et le mien dans le cadre... Et la date... la date surtout !

- La camisole de force ! Il n'y a pas d'autre issue...

- Garance ! Où es-tu en cet instant ?

- Dans la pièce à côté !

- La pièce à côté ? Plus lointaine que la dernière étoile !

- C'est ma faute, bredouilla le docteur au comble de l'inquiétude, je n'avais pas condamné la serrure, comme je fais toujours quand je visite des malades. Il s'agit peut-être d'un cas unique. J'en ferai une communication à l'Académie des Sciences. Si vous essayez de m'obéir, si vous répondez avec précision à mes demandes, je vous donnerai une chambre à part, dans mon hôpital. Il y a une vue sur la mer et un lit confortable...

- Vous êtes en dehors de la réalité ! Avec la meilleure volonté du monde, je ne resterai enfermé nulle part. Cela me dépasse...

- De pire en pis ! Où voulez-vous vous rendre, dans la condition où vous êtes ?

- Je dois venir au monde.

- Je vous en supplie, ouvrez les yeux ! Pour me permettre de choisir un traitement rationnel, il est nécessaire que je sache tout. Essayez de faire un effort : à quelle époque, a-t-elle débuté cette psychose ?

- En 1930.

- Nous y revoilà ! En 1930 ? Dans dix-huit ans ?

- J'en conviens, pour vous c'est le comble de l'absurde. Pour moi, c'est tout à fait naturel...

- Il faut s'y faire, j'en ai entendu d'autres...

- On cherchait des volontaires. Disposés à s'embarquer pour un immense voyage…

- Un voyage ! Où ça ?

- Au Zénith… Ne serait-ce que pour le parcours d'une année-lumière. Savez-vous ce que signifie année-lumière ? La distance franchie en voyageant à la vitesse de la lumière elle-même, pendant la durée d'un an.

- Parbleu ! Un an à trois cent mille kilomètres par seconde…

- Dix-huit millions, en une seule minute…

- Plus de mille millions de kilomètres par heure. Je sais compter moi aussi, qu'en dites-vous 7

- Vingt-six milliards de kilomètres par jour… Cela ne vous paraît pas irraisonnable ?

- Le fait qu'un rayon puisse parcourir par jour vingt-six milliards de nos kilomètres ? Non, mon ami. Cela me paraît tout à fait rationnel et conforme à la nature des choses. Voyez-vous, votre délire est sans doute de caractère logique puisqu'il part d'une base en accord avec la raison… Cela me rassure. Essayons de récapituler. Au courant de l'année 1930, c'est-à-dire dans dix-huit ans, vous vous seriez offert, si j'ai bien compris, pour faire partie de l'équipage d'une montgolfière…

- Un involucre ! Une cage… À l'abri de toute radiation galactique…

- Comme bon vous semble. D'ailleurs dans les rêves, il n'y a rien d'impossible. Et ce voyage a été organisé par qui ?

- On offrait une récompense fabuleuse, ajouta Claude, en débitant un chiffre dont l'importance fit sursauter le praticien, et le rendit tout à fait sceptique quand l'autre précisa que ce chiffre devait s'exprimer en livres anglaises.

- En livres ? Votre fantasme prend la dimension de l'absurde. C'est le budget de trois ministères !

- J'avais résolu le problème. J'aurais pu lui offrir une vie à l'abri de tout besoin... Aucun travail, aucun hasard, aucun éclat de génie, n'auraient pu m'assurer une telle aubaine... On devait se mettre en ménage...

- Avec qui ?

- Mais avec Garance.

- Ma fille ? Une idée fixe, qui m'étonne et m'inquiète... Qui vous a parlé d'elle ?

- Pour Raymond, c'était autre chose.

- En voici, encore un.

- C'était un Émir...

- Qui ? Raymond ?

- L'individu impénétrable qui nous avait convoqués. Nous étions des centaines. Soumis à des tests rigoureux et accablants. Mais le jeu valait la chandelle. Et les sommes promises étaient certifiées par la Royal Bank des Émirats de Londres. Claude n'arrivait même pas à se rendre compte de l'étrange aventure qu'il venait de vivre. Après avoir rejoint l'immense domaine de l'Émir, il n'avait pas eu de trêve. Une escouade d'inconnus s'était emparée de sa personne, comme du corps d'un cobaye destiné à l'accomplissement de certaines recherches. Rien à dire : le traitement était de première classe. Un autre jeune homme de son âge, partageait sa demeure. Il s'appelait Raymond et ne demandait rien d'autre que se soustraire au drame qui le hantait. Dans une crise de jalousie, il avait abattu froidement sa femme.

À la fin du solstice, Bin Home leur annonça tout de go que leurs tests, choisis parmi les quatre cent cinq aspirants, s'étaient avérés positifs. Il ne s'agissait pas de l'Émir, ce n'était que le responsable du Programme, un mathématicien de l'ancienne tradition, qui avait placé la source de Dieu dans les chiffres, hors du carcan primitif et grossier, que l'Occident avait mis en place.

« Par suite des aléas de cette mission, aléas que je ne vous cache guère, il vous est permis de revoir les personnes désignées pour le versement de la rente, qui leur sera due à partir du premier jour de l'appareillage. Un acompte substantiel vous sera remis par la banque afin de subvenir à vos nouveaux besoins. Un seul mot, une seule maladresse, vous exposerait à l'annulation du contrat, et sans doute à des représailles. Nous ne pardonnons jamais. Ni rien. Ni personne. En contrepartie, nos engagements seront honorés sans faille.

Claude s'aperçut que Bin Home, qu'il voyait pour la première fois, avait un visage morne, et que la lumière de ses yeux se perdait dans un abîme sans fond. Sa voix paraissait jaillir non pas de sa bouche, mais d'un apparat mécanique sans sensibilité et sans âme. À la requête du jeune homme, tendant à obtenir plus de détails, le responsable répondit sèchement que les candidats n'avaient aucun droit de poser des questions, et que lorsqu'on avait vendu sa personne - et à quel prix ! - on était dessaisi de tous droits passés, présents et à venir. Que d'ailleurs, ni lui, ni son coéquipier, aurait pu comprendre quoi que ce soit de la réponse, puisqu'il s'agissait de pures spéculations mathématiques, étrangères à leur entendement. Mais si malgré tout, ils désiraient en savoir davantage, l'explication serait plus obscure que la requête. L'emploi de la fusion nucléaire froide, aurait fourni l'énergie inconcevable nécessaire au dépassement de la limite qui enserre et contraint les lois de cet univers que nous appelons raisonnable. Puisque selon ces normes, le temps est inversement proportionnel à la vitesse, dès qu'on arrive à atteindre celle de la lumière, la masse devient si grande qu'elle rejoint l'infini, pour en sortir vers l'ailleurs. Malgré toute sa raison, Claude crut comprendre que les rêves des savants dépassaient de loin les plus folles fantaisies des poètes, et qu'en acceptant cette offre fabuleuse, il s'était désormais enfermé dans une cage comme d'ailleurs l'engin en question était appelé où il n'y avait aucune porte de sortie. Quant à Raymond, ses rudiments mathématiques lui avaient permis de se livrer à un espoir fou : si cette plongée dans une dimension inconnue, faisait basculer le temps et si la survenance de la mort de sa femme pouvait revenir en arrière.

Tout cela n'avait aucun sens, mais présentait un attrait souverain : la richesse sans limites.

En vérité, l'Émir s'abandonnait à son tour, à des espérances qui côtoyaient la démence : l'Être absolu l'avait chargé d'une tâche divine qui lui aurait consenti de conférer à son peuple pauvre et méprisé un immense pouvoir : celui de parcourir le temps à sa guise, et ainsi détruire le réel triste du jour, et remonter peut-être, aux épisodes les plus glorieux de l'histoire Sunnite. Son immense fortune lui avait permis de réunir des savants d'innombrables nationalités et de les atteler à la tâche dont tous les Maîtres du monde avaient rêvé en vain.

- Mais, Claude, Claude ! Qu'est-ce qui te prend ? retentit soudain la voix de Garance, tu te crois au XIXe siècle ? Une crise de romantisme suraigu ! Aller graver nos noms sur le cadre du paravent ! Ne nie pas l'évidence !

En se penchant sur le portrait, Claude n'arrivait pas à saisir le sens du message qu'avait lui-même lancé dans un futur à ce moment-là inaccompli. Il se souvenait vaguement de cet épisode perdu dans des réminiscences insaisissables, de ce monsieur si digne qui l'avait empêché de finir son travail, en le menaçant d'une camisole de force… Son regard courut à la photo du beau-père qui pendait au mur. Un cauchemar. Et pourtant sur la corniche du petit meuble, deux noms étaient entaillés : Claude… Garance… Sa mauvaise humeur s'écharna sur le portrait du mort et ce qui l'environnait. Des vieilleries ! Au grenier ! Des meubles modernes, clairs, rationnels ! Plus de ces nids à poussière !

- Mais qui payera ces dépenses ? Nous avons vendu le vendable !

- J'ai trouvé un emploi, avant d'accomplir mon voyage. Pour revoir ce fameux frère qui avait émigré aux Amériques. Un emploi très lointain…

- J'adore découvrir de nouveaux pays…

- Pas question que tu m'accompagnes.

- Tu veux me plaquer, ou quoi ?

- Il fallait décider sur-le-champ. Une somme astronomique, inconcevable… Qui aurait pu refuser ? J'ai accepté cette fortune. C'était tout ou rien. Nous sommes riches ! Terriblement riches ! La chance ne tapera pas à notre porte encore une fois. Cela est très dur, car ce choix comporte une cassure inattendue et cruelle. Mais la contrepartie qui m'est offerte, séduirait le plus exigeant des hommes. Tu en conviens ?

- Dis-moi la vérité, Claude ! Même si elle est affreuse, inavouable… OÙ vas-tu ? Pourquoi ?

- Nous aurons tout le temps de nous préparer à cet appel du sort. Ce ne sera qu'au début de la saison nouvelle.

D'ici là, nous aurons acheté tout ce qu'il nous faut pour bouleverser notre destin.

- Bouleverser notre destin ! Je n'accepte pas de te perdre…

Une annonce retentit impitoyable. C'était la voix de Bin Home. Une voix sinistre, puisqu'elle annonçait l'abandon de tout ce qui était cher au jeune homme.

- Vers la Constellation du Centaure. Le système solaire avec ses distances dérisoires, ne se prête pas à l'expérience. Vous atteindrez la dernière vitesse. Plus loin, l'inconnu. Délivrés des limites de la mort et du temps, vous résoudrez les énigmes d'infinis pourquoi sans réponse, peut-être, de l'ultime de ces pourquoi, qui nous narguent par-derrière les barreaux de notre prison de vivants, d'au-delà la nuit.

Il est impossible de décrire ce qui était survenu depuis le départ, car le milieu où les deux audacieux avaient plongé est hors de portée de l'imagination humaine. Que le lecteur se limite aux quelques débris sans forme, sortis pêle-mêle des cerveaux de Claude Bretteville et de Raymond. Par suite des variations brusques de cadence, et du mélange issu du présent, avenir et passé, aucune liaison n'est permise, ni les tesselles du moindre enchaînement seraient susceptibles d'interférer, pour se fondre dans une mosaïque quelconque.

- Ce qui s'applique à nos sens, n'est qu'apparence. Des lueurs qui nous parviennent en cet instant, certaines ont quitté leur source il y a des années, d'autres il y a des siècles. D'autres encore, sont en route depuis des millénaires. Nous percevons comme contemporains des événements qui se sont produits en des temps séparés par des millions ou des milliards de siècles. Si nous étions capables de rapprocher les planètes qui gravitent autour d'Antarès, on assisterait à des gestes qui ont eu lieu il y a trois siècles, ferme restant que pour nous ils ne se dérouleraient qu'aujourd'hui. Rien n'est réel. Le temps peut se fabriquer, le passé se reconstruire. Le futur, s'approcher, par un matériau qui abonde : l'espace. Vitesse dans l'espace, cela signifie temps.

La voix du mathématicien rejoignait les navigateurs de l'incertain par une sorte de prodige. Pas de miracle, pourtant. Ce n'étaient que les acquis de la science. Claude et Raymond étaient entrés dans une autre mesure. Mais le souvenir de la femme aimée ne se pliait pas aux nouvelles dimensions. Plus lointaine que la dernière étoile, comme Claude dira ou dit ou a dit au Docteur Pascal son beau-père, rencontré sur le bord du rivage, quelques années avant sa mort. La voix de Garance résonnait aux oreilles de l'aimé qui ne pouvait ou ne pourra plus l'entendre :

- Le paravent aux fleurs rouges. Dès que tu as quitté cette pièce, et je t'ai vu disparaître au-delà de son cadre, j'ai senti qu'entre nous s'ouvrait une immense distance. Reviens vite, Claude. Je suis perdue sans toi.

Les souvenirs de Raymond s'interposaient dans la trame du dialogue. Le glissement du réel lui suggérait d'autres espérances :

- S'il m'était donné de revenir en arrière, te retrouver, Blanche, telle que tu étais aux épaules de l'instant où tu es morte, avant de me trahir… Retrouver demain ton passé, le bonheur de ma vie, ton sourire…

Mais le ressac de l'angoisse de Claude emportait tout, il n'y avait plus que Garance et son être absolu. Les gestes qu'elle accomplissait dans le monde du présent. Les gestes humbles, habituels de la vie. Sa façon de s'habiller. Son sourire, son regard fugitif. Son art de méconnaître les choses du vulgaire, sa façon même de le quitter chaque fois, comme s'il ne devait jamais plus revenir, à la guise des choses passagères qui soufflaient autour de sa belle personne et s'enfuyaient sans raison se perdant dans un futur plein de silence.

- Un jour, rien qu'un jour, depuis ton départ. Ton chèque a été payé sans problème. Formidable ! Je vais m'occuper de ce que tu trouveras à ton retour. Une drôle de surprise ! Des meubles modernes, comme tu les aimes. Je changerai la tapisserie. Et d'abord, ce paravent derrière lequel tu as disparu, et qui me pèse comme une chape de plomb.

Le devenir se déroulait comme la projection d'une surface sphérique sur une superficie plane. Claude apprenait à son grand effroi par le message lancé à travers les trous de l'espace vide, que depuis son départ il ne s'était passé que six heures, et que cette tranche se traduisait en années sur le conventionnel de son existence perdue. Pour celui qui m'écoute, perdu à son tour dans ces expressions sibyllines et bizarres, je tiens à souligner que cette terminologie ne sort pas du cerveau d'un malade mental ou d'un fou, mais de celui d'un froid physicien.

- Six ans, Claude. Six ans sans un signe de vie de ta part. Je n'ai pas remplacé les meubles. Je préfère que cette maison reste désormais telle qu'elle était quand tu venais me voir. Ton fauteuil est encore là. Et ce paravent, un cauchemar ou un appel du silence. Je n'ai pas eu le courage de m'en séparer. C'est là, que ta dernière trace s'est évanouie…

La vitesse avait encore augmenté. Les rapports entre les différentes existences n'étaient plus compatibles. Le voyageur sentait que peut-être Raymond avait retrouvé Blanche, mais que lui, lui, Claude, était condamné à s'éloigner de Garance, sans espoir de la retrouver telle qu'elle était vraiment.

- Trente ans. Tout a changé, depuis la fin de la guerre. Rien n'est resté, si ce n'est par miracle, ma maison. Et celle d'en face, où tu es venu au monde. Entre elles, l'avenue avec ses rangées de tilleuls, où nous nous promenions, en nous tenant par la main. Je m'y arrêtais, parfois, en t'attendant. Je m'y arrête encore, et je regarde au loin, tout au bout de la route, comme si tu allais arriver par ce raccourci, franchir cette porte… te jeter dans mes bras.

- Sept jours. Interminables. On a vraiment l'impression que le temps est devenu trop lourd, pour nous supporter dans sa course. Rien, je n'ai perdu de toi. Ton visage… ton regard… tes cheveux si noirs…

- Mes cheveux sont blancs. Autour de moi, tout s'est figé. Comme si cette pièce où j'attends, était un tableau dans son cadre. Et moi, une tache de couleur, qui naît et s'éloigne, sans laisser de vestiges. Je ne suis désormais qu'une vieille fille. À quoi me sert-il cet argent? Et si tu revenais? Si je pouvais enfin te revoir, même étant incapable de te reconnaître ?

- Tu es là, Garance, sans y être. Je ne peux pas te toucher. Tu es tellement proche et immobile, mais tu t'éloignes. Pour disparaître à jamais…

- Je ne t'attendrai plus, Claude. Je n'ai plus le temps si banal de ce que nous sommes, pour t'attendre. La ville est maintenant une autre ville et tu ne la reconnaîtrais pas. Et pourtant les hommes n'ont pas changé. Par la fenêtre du fond, je vois un couple qui se tient par la taille. Ils suivent la rangée de tilleuls. Elle se perd dans l'azur. Comme nous, dans le temps. Il me semble soudain, entendre une voix, une voix qui m'appelle, comme tu m'appelais en arrivant. J'ai cru un instant que c'était ta voix. Tu es là, Claude. Tu es si près de moi. Mais où, mon amour? où?

- Et si Raymond était dans le vrai? Si le temps s'écoulait pour moi d'une façon différente de la vie que j'ai abandonnée jadis sur la terre? Si j'étais destiné à revenir dans un monde traversé par des siècles? De toi, il ne resterait même pas la poussière, pas même le souvenir, pas même la trace. Tu n'aurais jamais existé. Et pour moi, Garance, tu ne serais plus qu'une image qui n'a jamais pris de forme...

Quand le jeune homme ouvrit les yeux il vit, penché sur lui, un monsieur sanglé dans une redingote noire. Bien entendu, il s'agissait du docteur Jérôme Priscilien Pascal, sorti de sa villa de Port-Miou, pour une promenade hygiénique au bord de la mer.

- Mais bien sûr! L'histoire est tordante et rien n'est aussi logique que vos élucubrations! À la vitesse de la lumière, le temps s'arrête. En dépassant cette vitesse, il bascule et revient à son point de départ. On soignera cette névrose. Car si je me souviens bien, il y a un autre élément pour fortifier ce bobard : vous seriez le fils de madame Bretteville, la femme du Capitaine d'aviation, le bébé qu'elle attend d'une minute à l'autre.

- Puisque Bretteville est mon nom...

- Et votre coéquipier? Ce brave Raymond? Qu'est-il devenu? Aucun cadavre n'a été découvert repoussé sur la grève par les ondes...

- Maintenant que j'y pense... il était mon aîné. Vous n'avez pas l'air de comprendre. Il est déjà né, lui.

- Ah, il est déjà né ? C'est l'invention la plus ahurissante qu'un malade m'ait jamais racontée. Vous avez besoin de repos. Et d'un bon somme. Jusqu'à...

- À ma naissance ! Quand Garance aura l'âge de comprendre, dites-lui que je l'aimerai toujours. Par-delà l'espace, par-delà le temps, par-delà les abîmes...

Jérôme Priscilien Pascal poussa un cri. Le fou s'était dérobé à sa surveillance. Il avait réussi à ouvrir la fenêtre et s'était jeté dans le vide.

Le docteur immobile sans pouvoir esquisser un geste, entendit vaguement que quelqu'un frappait à la porte. Son assistante venait lui rappeler que c'était l'heure de la visite.

- L'heure ? L'heure... Qu'est-ce que cela signifie ?

- Vous n'êtes pas bien, docteur ? Il y a une bonne nouvelle : la dame d'en face, la femme du Capitaine Bretteville, vient d'accoucher d'un garçon. On l'appellera Claude...

CE SOIR AVANT MINUIT

(Avril 2002)

Des dispositions bizarres, le Maréchal Toussaint Sanfoi en avait reçu tout au long de sa pénible carrière. Verbaliser les voitures qui roulaient à plus de 35, vérifier la pression des pneus des vélomoteurs, contrôler l'âge des passagers de cylindrées étrangères, démonter le train avant des motos pour s'assurer que des stupéfiants n'étaient pas dissimulés dans la tubulure... Heureusement, qu'avant la fin du mois, il aurait été admis à faire valoir ses droits à la retraite. Ah, se prélasser, les pieds à la chaleur d'une bonne bouillotte, et d'en finir avec cette autoroute givrée en hiver, brûlante en été, sous l'obsession du risque perpétuel d'être aplati par un fou sous l'emprise de l'alcool ou tout simplement d'une digestion laborieuse.

Mais la mise en garde qu'il venait de recevoir dépassait toutes les bornes. La nuit était tombée et Toussaint qui ne voulait pas encourir de reproches, se plaça sur le bord de la route, un peu en retrait pour ne pas courir des risques et avoir le temps de bondir en arrière. Un crissement de pneus, et la puissante voiture s'arrêta.

- Police de la route. Vous êtes seul ?

- Oui, seul...

- Vous allez à Saint Vauglans ?

- Où voulez-vous que j'aille ? Il n'y a pas d'autre issue. Voici mes papiers. Tout en règle. Carte grise, permis de conduire, attestation d'assurance...

- Pas la peine.

- Mais alors... vous m'avez arrêté, pourquoi ?

- Le panneau monsieur, le panneau ! Vitesse limitée à vingt-cinq. Nous ne verbalisons pas. On a tout simplement l'ordre de vous prévenir. Peut-être, vous n'êtes pas au courant. Mais cette nuit, la route est très dangereuse. Et votre voiture est jaune... Quel âge avez-vous ?

- Ça alors ! L'âge ? Trente ans. Presque...

- Cela vous concerne. Nous devons prévenir tous les hommes de moins de trente ans. Et voyageant seuls à bord d'une voiture jaune... Regardez. C'est bien dit en toutes lettres, dans la note de service.

- Vous plaisantez ?

- J'en conviens. Parfois on nous transmet des ordres assez drôles. À ce qu'il paraît, c'est une vérité... Une vérité... on dit comment ? J'y suis : une vérité statistique. Chaque année, le tournant de Valsourd fait une victime. Une seule. De sexe masculin. Et de moins de trente ans. À bord d'une voiture invariablement jaune.

Le Maréchal Sanfoi se tut. Il en avait assez de débiter des conneries. Mais les ordres sont les ordres, il fallait aller jusqu'au bout :

- Allez avec prudence. C'est le 31 décembre. Bientôt, minuit. Et cette année il n'y a pas encore eu de victime.

André Levallois n'en croyait pas ses oreilles. Il enclencha la vitesse et partit. Très doucement d'abord, puis, plus vite. Très vite. Le poste de police était désormais loin. Il se trouvait déjà au premier tournant en épingle, au fond du rectiligne, quand un fou, un auto-stoppeur sans doute, traversa soudain le long ruban d'asphalte. Le conducteur qui avait évité l'accident par miracle, s'écria :

- Ça va pas, non ?

Mais l'autre, imperturbable, malgré le risque mortel qu'il avait essuyé :

- Vous n'allez pas à Saint Vauglans par hasard ?

- Une seconde d'inattention, et je vous écrasais comme une poule !

À côté de l'individu, s'était soudain manifestée une jolie personne. Blonde, les yeux clairs... André pensa un instant qu'elle ressemblait vaguement à Liliane.

- Il faut nous comprendre : nous n'avions pas d'autre moyen pour vous prévenir... Vous nous prenez ?

- Quel culot ! Allez-y. Je n'ai pas de temps à perdre...

- Nous en sommes certains.

- Vous n'avez pas de bagages ?

- À quoi cela pourrait nous servir ?

- Vous avez l'air bien jeune, mademoiselle. Que faisiez-vous sur la route ? Il est minuit... Aucune chance de rencontrer une voiture.

- Qu'allez-vous faire à Saint Vauglans ?

Levallois était désarmé par tant de désinvolture. Il comprit qu'il n'avait qu'à répondre n'importe quoi.

- Voir l'Église. En touriste !

- Je connais, répondit la fille. Une église avec des anges autour de la nef. Des anges blonds et minces.

- Très suggestive, cette église. Mais elle ne vaut pas le voyage, ajouta l'auto-stoppeur.

- Il n'y a rien d'autre à voir, s'exclama la jeune femme. Deux ou trois fermes. C'est un cul-de-sac. Qu'allez-vous y faire ?

- Me marier. Et il se repentit d'avoir dévoilé le but de son voyage à des inconnus.

Mais l'autre en profita aussitôt :

- Puisque la glace est rompue, et nous avons tellement de temps à rester ensemble... c'est une simple curiosité féminine... Je voudrais savoir si elle est belle...

- Qui ça ?
- Votre promise
- Je ne l'ai jamais vue.
- Comment peut-on épouser une femme... sans jamais l'avoir vue ? Et l'amour ?
- Un mariage, ce n'est pas de l'amour, mon petit. Il n'y avait pas d'autre moyen de racheter la boîte. Et sans frais ! Mon père ne m'a légué que la minorité des actions ! Il a craché du sang, jusqu'à sa fin, le vieux ! L'autre faisait toujours à sa tête. Et à sa mort, j'entends encore ses paroles, il m'a dit : « Ce cochon de Pestin a une fille. Jure-moi, mon enfant, que tu vas l'épouser. Les actions te reviendront par elle. Tu seras le seul maître... »

Levallois s'étonnait du besoin subit qui l'avait envahi de confier à des inconnus des pensées aussi intimes. Il n'arrivait pas à comprendre pourquoi, mais il se sentait presque soulagé de cette confession involontaire.

- Vous pleurez, mademoiselle ?
- Je pense à cette femme.
- Oh ! De nos jours... le type de la femme malheureuse a disparu depuis bien longtemps !
- Bien entendu, renchérit l'auto-stoppeur. Il y a les œuvres sociales ! L'assurance maladie... L'aide à la mère célibataire. L'avortement remboursé par l'État... Dans le temps, on s'attachait au mâle parce que l'homme seulement pouvait offrir à son épouse la sécurité dans la vie, le chauffage, l'abondance... Maintenant que la femme est affranchie, elle n'a plus besoin de tout ce fatras... Et l'amour en est réduit à sa juste dimension.

Levallois avait trop accéléré. Il réussit à peine à franchir la courbe. Mais le moteur avait calé. Pas moyen de le remettre en marche. Étrange : il n'y avait que la radio qui débitait à tout rompre une musique. À plein régime... Le conducteur avait essayé de descendre. En vain : la portière était bloquée.

Et tout à coup il s'aperçut du panneau; « Sommet du Col. Hauteur au niveau de la mer… » le chiffre était illisible. André pensa que s'il lâchait le frein, la voiture serait descendue toute seule. Hélas! tout était bloqué, il n'y avait pas d'autre moyen que recourir à un dépanneur. Mais comment descendre? Oui, sans doute la portière droite était libre. L'auto-stoppeur aurait pu se rendre au premier patelin, et de là contacter le concessionnaire.

Ce fut à ce moment, que le chauffeur crut reconnaître les deux inconnus. OÙ avait-il vu ces visages? Ah oui, j'étais enfant et je croyais en Dieu. Et les anges, c'est une idée enfantine, bien entendu, les anges étaient blonds, rassurants… comme ces auto-stoppeurs qui l'avaient attendu sur le bord de cette route qui côtoyait le désert… Mais non : il ne s'agissait que des ondes, la mer à perte de vue. Nous nous étions éloignés de la plage. Tu te souviens? Une sirène de bateau sifflait à l'horizon.

- C'est gris, vers la terre… Liliane prononça à demi-lèvres ce mot.

- Le vent se lève sans préavis, du côté des montagnes. Il pourrait nous pousser dans la mauvaise direction…

- Oui, mon aimé. Le vent de la terre… murmura la jeune femme souriante. Mais à côté de toi, je n'ai jamais peur…

- Les mouettes nous regardent. Elles paraissent étonnées. À quoi peut penser, une mouette? Un homme et une femme. Tout petits. Comme dans l'existence. On nage, on nage très longtemps… pour se noyer à la fin.

- Tous les bruits, sont couverts de silence. On dirait qu'ils viennent d'un autre monde…

- J'ai quelque chose à te dire, avant de regagner la plage : je pars ce soir.

- Je t'attendrai. Tu reviens quand?

- Je ne sais pas. Cela devait finir d'une façon ou de l'autre… Ce n'était qu'une aventure de vacances. Je t'avais prévenue au départ. Tu n'as même pas protesté.

Et il se mit à crier, malgré lui :

- Je ne pouvais pas l'éviter, ce mariage !

Ses deux compagnons ne manifestaient aucune surprise, car l'ombre de l'autre s'était profilée au-delà de cette portière, qu'il était impossible de franchir. Le décor n'était déjà plus le même.

- Oui, tu seras ma femme. Je tâcherai de t'aimer. Tu me donneras des enfants...

Mais l'épouse n'était pas plus émue pour cela, je dirais même indifférente et passablement ennuyée. Elle avait dressé ses plans. Il ne s'agissait que d'un mariage de convenance, d'un événement qu'il était difficile de méconnaître, car le hasard en avait décidé de la sorte. Un mari. Un amant... rien de grave. Cela arrive tous les jours.

- Crois-tu que j'étais là pour t'attendre ?

- Une seule famille. Une seule entreprise, ajouta Levallois à titre de conclusion. Ce sera une cérémonie émouvante. Tous nos amis, nos parents...

- Lui aussi est de la fête.

- Lui... qui ?

- Tu penses peut-être que je vais renoncer à cet homme ? Un mariage de convenance ! Des enfants de convenance ! Qu'importe s'ils ne seront pas de toi ?

- Ça suffit. Va-t'en ! Tout a changé !

- Trop tard. Nous venons d'expédier les faire-part.

Un papier si anodin aurait-il une telle importance ? À côté de lui, André percevait peut-être son image. L'image du bonheur. Quel bonheur ? Ce jour-là, pressé d'en finir il ne s'était même pas retourné. Adieu, adieu ! Est-ce que j'étais certain, qu'elle avait regagné le rivage, que la reprise de cet amour était encore possible ? Évidemment si elle avait lâché toute attache avec la vie, elle se serait laissée engloutir une fois pour toutes. La meilleure solution. Mais qui ne laissait la place au moindre espoir. Les destinées les plus tragiques, s'achèvent une fois pour toutes. Les morts, n'ont pas de regrets, ne souffrent pas, n'ont aucun désir de recommencer à vivre. Mais que faisaient-ils ces intrus devant la foule de ses souvenirs ? Il n'y avait aucun rapport. Il fallait trouver un téléphone.

- Eh bien, monsieur ?

- Au début cela fait toujours une drôle d'impression.

- André...

Mais cette fois-ci la voix de la fille était très douce elle ressemblait étrangement à celle de Liliane.

- Maintenant, il faut nous suivre, ajouta l'auto-stoppeur d'un ton plus énergique.

- Vous suivre ? Pourquoi vous suivre ? Je dois m'en aller ! Remettre en marche. Revenir à cette plage. Et lui dire...

- Lui dire, quoi ? Vous ne savez même pas si elle est morte, murmura dans un souffle la compagne de voyage. Rendez-vous compte, mon pauvre ami. À partir du moment où vous avez freiné, à cette courbe, tout de suite après le col...

Et le paysage redevint celui du départ. Le Maréchal Toussaint vit le motard descendre. Il hésitait à donner à son supérieur la nouvelle.

Pas la peine, répondit Toussaint, imperturbable : y a un mort. Tout juste avant minuit. Une voiture jaune. Une grosse cylindrée. Le chauffeur avait moins de trente ans...

LES ARPENTEURS DU CIEL

(19 août 2002)

Tout cela paraissait matériellement impossible, et je me demande, en traçant ces lignes, si l'astronome en question n'avait pas rêvé ou s'il était sous l'emprise d'un narcotique ou d'un stupéfiant.

Anatole Kardigan - l'astrophysicien, autant célébré que Johnny Hallyday pour ses travaux sur l'antimatière - venait de recevoir le diplôme de membre des « Arpenteurs du Ciel » institution d'intérêt public et dont la tâche consistait en la recherche de planètes au-delà de la Galaxie.

Pour célébrer le mémorable événement, Anatole pointa aussitôt son haphystème (nom bien connu des télescopes de 5e génération, susceptibles de recevoir en même temps que les ondes lumineuses les résonances acoustiques) à 30 degrés Nord de la parallaxe 0,511 du Cygne. Kardigan eut alors l'immense surprise qui a fait douter le monde scientifique de ses facultés mentales : dans l'oculaire de l'étrange appareil, il assista à la cérémonie solennelle d'intronisation d'un roi, et entendit sa prière pour s'y attirer la bienveillance du dieu en service.

En voici un extrait, publié par l'Académie des Études extragalactiques :

« Je sais que tu me regardes. Peut-être, d'au-delà l'espace. Et au-delà de mon chemin dans le temps. J'en conviens, Seigneur, ma vie est bien agréable. Qu'est-ce que cela signifie, somme toute? Écraser les autres. Et la richesse. Et les femmes... Tu es un dieu. Et ton pouvoir me dépasse. Je ne suis qu'un pauvre homme. Laisse-moi parcourir ma petite route sans accrocs. Et va-t'en. Ton œil est si froid. Je n'ai jamais nourri de vaines espérances... Il y a tellement de têtes farfelues ! Tu n'as qu'à les prendre en charge. Je n'aspire qu'à des choses profitables. Un palais. Des esclaves. Bien me nourrir. Des médecins, si je suis malade. Une foule dévouée à mes ordres, pour le moindre de mes plaisirs. Écoute, Jupiter, je sais que ton entendement est si différent du mien. Que mes prières, pour toi, sont risibles. Ce n'est qu'une petite grâce que j'implore. Toute petite, insignifiante. Si tu es là, si tu es vraiment là - mais j'en doute - fais-moi retrouver le seul amour de ma vie. La Reine? Tu veux rire? La Reine est une force nuisible. Mais elle vient de Rome. Mon pouvoir repose sur ses épaules. Et j'aime une esclave. Moi, le Roi tout-puissant. Et qui ne peux rien.

Anatole croyait être le jouet d'un rêve. Si elle était confirmée sa découverte, aurait été capitale : on aurait enfin su qu'au-delà de la nébuleuse, il existait une planète avec des hommes. Puis, sous l'impression d'une fatigue due au surcroît de travail, arrêta l'appareil d'un geste sec et s'achemina vers son domicile, où Philomène lui avait annoncé un souper de crevettes à la crème, pimenté de câpres de Séville.

Jusqu'ici, rien d'extraordinaire. Le reste va venir. Je dois vous donner un détail, qui a peut-être de quoi vous surprendre. La scène que je viens de vous relater a une curieuse caractéristique : Kardigan n'était pas un astronome de notre terre, mais tout simplement de la septième planète qui gravite autour d'un soleil de la proche nébuleuse qu'on appelle Andromède.

Dans ce monde, l'évolution s'était faite exactement comme chez nous, et même celle de l'espèce humaine.

Par malheur, ce que le savant voyait et entendait n'était pas les événements de son époque, mais les vicissitudes intervenues près de Rome, il y a deux mille ans, la distance qui nous sépare d'Andromède au moment où les rayons lumineux étaient partis de leur source.

Dans le doute, Kardigan fit aussitôt son compte-rendu à l'Autorité Supérieure.

Hé ! Quoi ? Il existait dans l'espace une planète en tous points semblable à la terre d'Andromède ?

La stupeur fut immense et l'on décida d'envoyer un chargé de mission pour en savoir un peu plus. Mais par suite de l'engrenage bureaucratique, on avait négligé un élément essentiel : à la faveur des techniques modernes, l'expérimentateur pouvait se transférer sur l'instant de sa nébuleuse à la nôtre, car la recomposition des corps à distance, pour ces êtres perfectionnés, faisait partie de la routine courante. Si bien que cet émissaire ne trouva à la place du merveilleux château de Bituit au début de l'Empire, que la modeste pharmacie de nos jours, où au lieu de la Reine, une préparatrice, Mademoiselle Réglisse (de son nom de famille vite transformé en sobriquet par son entourage) attendait en vain et depuis fort longtemps un amour improbable.

Toute grandeur avait disparu et la mûre demoiselle était la proie d'une crise extatique.

- Oui, monsieur Raoul ! sur la pelouse, devant l'immeuble. Vous auriez même pu le voir de la fenêtre de votre chambre. Un proconsul romain, comme ceux de mon livre d'histoire.

- Je vous ai dit vingt fois, que lorsqu'on prépare une potion, on ne raconte point de sornettes. C'est ainsi, que vous avez administré à madame Dumolard un liniment à la place d'un gargarisme. Elle en a eu la gorge toute brûlée...

- Il était d'une carrure puissante, comme il convient à un homme d'armes. Probablement, un mercenaire celte, car il avait les yeux clairs... Il m'a fallu toute ma force pour vaquer à mon travail... Ses cuisses étaient environnées d'un duvet aux poils blonds...

- Et le lavement purgatif ? C'était pour le Colonel de Jalon. Il l'a commandé depuis deux jours. Où l'avez-vous mis ?

- Mon Dieu, mon Dieu ! Je viens de le donner au petit Pericaud qui était venu chercher l'eau de beauté pour sa mère...

- Vous allez me démolir la boutique ! Où avez-vous la tête ?

- Nous assistons à un événement formidable.

- Ce sont des histoires de bonnes femmes !

- Vous ne croyez même pas à la matérialisation des fantômes ?

- Un rêve ! Un rêve malsain mademoiselle.

- Je ne rêvais point. Et je vous le démontre. Car il a pris mon visage dans ses mains. Et il m'a embrassée sur la bouche.

- Il fallait être un fantôme, pour oser une chose pareille !

Réglisse n'avait pas fini de parler qu'un agent frappait à la porte et interpellait le pharmacien d'un ton dramatique.

- Vous connaissez la nouvelle ?

- Qu'est-ce qui arrive encore ? répliqua monsieur Raoul excédé en constatant que le pandore tremblait des pieds à la tête.

- Ne riez pas. Un fantôme m'a mis sa main sur l'épaule.

- C'est une épidémie ! Ma préparatrice aussi est en transes. Heureusement pour elle, c'est l'opposé de vous. Si je ne la retenais pas, elle resterait sur la pelouse la nuit entière !

- Ah ! Elle aussi... constata l'agent au comble de l'inquiétude.

- Une vieille fille en proie aux berlues de l'âge critique.

- Vous voulez rire. Il y avait bel et bien un homme à cheval. Vêtu d'une façon bizarre…

- À votre insu, on vous a administré un narcotique. Voici un bon remède. D'habitude une cuillerée suffit. Vous en prendrez trois…

La voix d'Éléonore résonna du palier :

- Raoul, tu viens te coucher ?

Madame Espinguol descendait déjà l'escalier reliant les pièces de l'étage à la pharmacie. Sur la cinquantaine, lourde, les seins tombants, les cheveux parsemés, elle était de nature à décourager le satyre le plus endurci.

- Je l'ai vu, monsieur l'agent ! Je venais de me coucher vers dix heures, comme tous les soirs. J'étais sur le point de prendre le sommeil… Et tout à coup… Ah ! Une lumière qui montait de la place, comme si on avait allumé un réflecteur. Je me suis dit : « Prends garde, Éléonore, il y a le feu. » Je vais à la fenêtre… Il était là.

- Il, qui ? bafouilla le pharmacien.

- Mon ancien époux. Comme au Carnaval de Nice, avant notre mariage : déguisé en gladiateur… mais - comment dire ? - bien plus beau. Seulement, quand il souriait, son expression avait quelque chose de brutal. Peut-être, voulait-il me reprocher que j'avais mal agi en cédant au désir de m'accoupler avec cet homme.

Monsieur Raoul n'en revenait pas : sa femme si prude et asexuée - Éléonore livrant sa pudeur à un inconnu ! Un cas de folie ? Mais il était le seul à choisir cette explication. Réglisse renchérit :

- Oui, madame a raison. J'étais en train de raconter à votre mari que moi aussi je l'ai vu. Et davantage…

C'était décidément la soirée des surprises, car une femme encore belle, mais à l'expression souffrante du départ vers le déclin, frappa à la porte. Elle cherchait un certain Raoul, mais en percevant le pharmacien qui était devenu blême, elle recula, déçue. Le pharmacien sous l'emprise d'une émotion irrépressible, poussa un cri, un cri de désespoir qui couvait depuis longtemps entre ses lèvres. Puis, il essaya de se reprendre, mais le mal avait été fait et madame Espinguol s'était aperçue qu'il ne voyait pas l'inconnue pour la première fois et qu'elle était porteuse d'un message tendre et ambigu.

- D'où tu la sors, celle-là ? s'écria Éléonore au comble de l'indignation.

- J'ai mal fait, mon amour, j'ai mal fait ! Je voulais plaisanter… te revoir… vieux… avec tes rides… tes yeux éteints… Je voulais me dire à moi-même : « Tu as bien fait de le quitter il y a si longtemps. Un homme n'est que son corps. Les rêves c'est de l'air. De toutes ses paroles il ne reste qu'une bouche édentée. Elle avait de l'argent, n'est-ce pas ? Il en fallait beaucoup pour acheter la boutique ! Tu as choisi. Entre le dégoût et la crasse de son corps mais avec l'aisance, et la splendeur du mien unie à la misère. Tu m'as quitté lâchement. On ne plaisante pas avec l'amour ! Que pouvais-je faire ? J'ai survécu. J'ai suivi un homme très âgé, un vieillard en quête de chair fraîche. Il m'a comblée. Inutile de pleurer ce qu'on a voulu perdre. Il suffirait de quelques jours et tu regretterais d'avoir quitté cette pauvre Éléonore. La misère tue les rêves les plus beaux. Je ne serais plus Lilith, je ne serais plus le plaisir, il n'y aura plus de lumière dans mes yeux, plus de mystère dans mon corps… Je serais ta femme… Une femme de chaque jour, coincée dans une impasse sans sortie.

- Trop, c'est trop ! brailla, madame Espinguol frémissante. Gourgandine !

Les deux femmes se ruèrent l'une sur l'autre en entraînant dans leur rage, le pauvre pharmacien qui ne pouvait faire entendre raison à ces furies.

- Au secours ! s'écria Raoul à bout de forces, quand un légionnaire franchit la porte, et d'un ton très paisible, demanda :

- Vous m'avez appelé ?

Son uniforme était resplendissant. Il paraissait coulé en or fondu.

- Je comprends votre surprise. Il faut s'y faire. En quelque sorte je ne suis qu'un touriste. Seulement, mon agence de voyages m'avait donné des indications fausses. Car il y a deux mille ans, les Romains avaient envahi cette région. Un roi du nom de Bituit ne voulant pas perdre sa place, avait épousé une patricienne de la famille du vainqueur. Quand une femme bouleversa ses desseins. Tout simplement une esclave. Un rien, moins que rien. Et pour cette femme d'un coup, sans raison, il a tout quitté. Lancé sa vie à l'aventure dans le noir de la mort. Je vois que vous n'arrivez pas à vous rendre compte. C'est ma faute. Je m'étais fourni un uniforme de Consul, de légionnaire. Par un décalage imprévu au lieu de tomber dans l'opulente maison du roi, je me trouve ici dans votre pharmacie, avec une erreur de vingt siècles. Faites un effort. Je vis dans une planète semblable à la vôtre. Mais à différence de vous, l'amour a disparu de notre existence. Nous avons estimé que l'acte de la reproduction était dégoûtant, pas hygiénique et terriblement dangereux. Ne dites pas non ! Je vous annonce une terrible maladie à venir... En peu de mots, la fécondation n'était digne que de bêtes, pas d'êtres humains. Depuis longtemps on se limitait à pratiquer l'acte in vitro. Quand on a su que la passion et la folie étaient encore possibles sur la terre, car Bituit avait agi de sorte que la Reine tombe en proie d'une langueur que personne n'avait pu vaincre. L'antiquité regorgeait de poisons et il était très facile de disposer de l'existence d'autrui, sans que personne ne puisse s'en douter. Un instinct confus et irrépressible, s'est réveillé alors dans nos âmes. Qu'est-ce que je vais leur raconter à mon retour ? Bituit est mort depuis plus de vingt siècles. Dans ce monde misérable que peut-il arriver ? Il faut que je remplace cet épisode tragique par une histoire survenue dans votre siècle. Dans le fond de nous-mêmes, nous éprouvons un grand vide. Comme si quelque ressort nous manquait. Est-il possible que la femme nous soit indispensable dans un autre sens, que celui du plaisir ? qu'elle ne puisse être remplacée par une éprouvette et une infirmerie ! La femme est devenue notre égale. Elle le désirait tellement... La reproduction continue à se faire par des moyens détournés, et l'amour a disparu de nos espérances.

- Je ne peux pas vous croire, s'écria le pharmacien, vous racontez des sornettes !

- Vos papiers ? ajouta le représentant de la force publique, en saisissant l'occasion qui lui était offerte.

- Hélas ! Vous n'êtes pas de taille à alimenter ma tragédie, intervint le Romain. Vos histoires sont tout au plus susceptibles de ricocher sur une production TV.

- TV ?

- Vous ne perdez rien pour attendre. Ça va venir. De sa pernicieuse influence, vos cervelles sont devenues de plus en plus restreintes. Les angoisses d'Eschyle, de Dante et de Shakespeare, n'ont désormais aucun sens. Vous ressemblez de plus en plus à des sauvages.

S'agissait-il d'un détraqué ? Ou d'une farce ?

Mais Lilith ne paraissait rien entendre. On aurait dit qu'elle était seule :

- J'ai eu la force de te quitter à temps. Avant que notre amour ne devienne qu'une misérable histoire de la terre. En ouvrant cette porte - la porte d'un monde où il n'y avait plus de place pour moi - j'ai fait encore une bêtise. La dernière. La première a été celle de t'avoir cru. Il ne te reste qu'à oublier ! Serrer ta cravate. Et tirer le rideau. Cette fois-ci, pour de bon. Après quoi, tu pourras remonter à l'étage, reprendre ta bouillotte et bavarder avec madame sur les événements de la journée. Non pas de cette journée, mais d'une journée quelconque. Adieu. Ne dis rien. Le reste est silence.

Lilith se précipita au-dehors.

- Lilith ! Lilith, non ! s'écria le pharmacien perdu.

Aussitôt après, un crissement de pneus. Un cri et puis plus rien. L'agent sortit dans la rue.

- J'ai dressé un procès-verbal. L'inconnue s'est lancée sous une voiture qui arrivait à pleine vitesse. Sur l'asphalte, il n'y a plus qu'une flaque de sang.

Raoul se perdait en paroles décousues. Adressées à qui ?

- Raoul ! Raoul ! Mon gros chat ! balbutia Éléonore au comble de l'émotion.

Le pharmacien dans un mouvement instinctif, s'était effondré devant le proconsul, dans l'espoir fou de pouvoir recourir à ses pouvoirs miraculeux.

- Martin, Martin. Je sais que vous êtes tout-puissant. Vous la ferez revenir ?

- Je vous ferai oublier. Une histoire de la terre. Ensevelie dans la profondeur de votre temps. Y a-t-il un chemin qu'on ne puisse franchir qu'avec la puissance d'une femme ? Une vie au-delà de notre vie, que nous ne pourrions atteindre qu'à côté d'elle et de son sourire ?

Martin s'essuya une larme. Il avait été pris par le drame auquel il avait assisté.

- Il est temps que je quitte ce pays.

Le Proconsul enfourcha son cheval qui attendait sur la place et s'éloigna au galop. On aurait dit qu'il partait vers le néant.

Dans le ciel, la nébuleuse d'Andromède, resplendissait insensible, au-dessus des humains.

L'ŒUF À LA COQUE

(fin juillet 2002)

« A B K A R R - T 0 0 - T T M. »

Chacun de ces groupes de trois symboles, ou triplet, spécifie un ralentissement particulier. Le premier est le code d'un retardant des globules rouges, la Sérotine, A R R est celui de la Brontésine, T 0 0 celui de la Martéine, le fameux retardant des tissus musculaires, T T M. celui de l'Éponistasine, coagulant du tissu cérébral. La cellule sélectionne un exemplaire de cette combinaison, puis elle l'expédie au flux qui fabrique l'organe vivant. Nous avons alors les quatre retardateurs, spécifiés pour la séquence de l'immobilisme et la nouvelle molécule stable et constante fait alors partie de l'ensemble du corps.

Parthénope leva les yeux fatigués par ses longues nuits de veille. Maintenant il avait presque réuni dans sa tête les éléments de la découverte qui devait le projeter dans une autre existence. Oh, il savait parfaitement que le chemin qui unissait la vie à la mort, était irréversible. Il ne s'agissait point là de transformer un vieillard en jeunot sans rides et sans infirmités, il fallait être moins ambitieux pour atteindre une réussite plus modeste mais certaine.

Son professeur de biologie lui avait expliqué lors de la première année d'études, que le processus de tout être vivant ressemble d'une façon curieuse à l'état d'un œuf à la coque. Une fois le blanc coagulé sous l'effet de la chaleur, il n'y avait aucune force au monde capable de le ramener à sa clarté cristalline. Les recherches du pharmacien s'étaient donc limitées à la conservation d'un état, sans prétendre de faire marche arrière. Un homme de trente ou quarante ou cinquante ans, à qui on aurait administré cette drogue, cesserait pêle-mêle de vieillir, et la cuisson de l'œuf serait stoppée d'un coup, c'est-à-dire que le patient aurait joui du privilège insigne de garder à jamais son âge actuel.

Parthénope haïssait cette boutique délabrée et sans espérance dans laquelle il était arrivé en naissant et avait poursuivi la route morne de son père. Il faut préciser que l'action se passe au début du siècle, que la sécurité sociale si bienfaisante pour la profession, n'avait pas encore été inventée, et les gains étaient dérisoires. Tout condamnait notre pauvre héros à la médiocrité, à partir de ce nom ridicule que sa digne maman lui avait affublé en souvenir de son voyage de noces à Naples, ville dont l'un des noms est justement Parthénope.

Depuis très longtemps l'apothicaire cherchait la solution de ce problème délicat, et maintenant qu'il était près de la réussite, les vieux murs de la via del Ridotto s'ouvraient sur un horizon d'abondance et de gloire. Il ne manquait plus que la dernière étape à franchir. Comment savoir si la décoction expérimentée sur les poulets aurait produit son effet bienfaisant une fois appliquée aux hommes? Les poulets ne parlaient pas et il était difficile de vérifier la progression de leur âge. Il avait tout d'abord pensé de tenter l'expérience sur sa femme, mais il y avait renoncé aussitôt car Martine était d'un caractère acariâtre, infernal et bileux et en cas de réussite il se serait condamné à la supporter telle quelle avec son front bas et sa malignité jusqu'à la mort. Et puisque Parthénope ne disposait pas de l'argent exigé par une pareille entreprise, il se résigna à essayer la mixture sur les amis de famille. Après de longues réflexions une idée lumineuse lui foudroya l'esprit : pourquoi ne pas pratiquer la dangereuse expérience sur le Commendatore ? Anselmo Mangiarotti fréquentait le couple, et Martine l'invitait le dimanche, puisqu'il était son amant. Le seul à qui elle réservait ses sourires. Quelle aubaine, se venger une fois pour toutes des affronts que Parthénope était obligé de subir ! Se venger ? Et si au contraire l'Abeka (nom qu'il avait donné à l'étonnante mixture, d'après les trois premières lettres de la séquence de synthèse) avait produit l'effet escompté ? Mais l'hypothèse était improbable. Il fallait s'attendre à des complications plus ou moins graves. Anselme aurait été le cobaye idéal pour les diaboliques recherches du mari trompé. Il aurait payé une fois pour toutes son outrecuidance, l'effronterie insupportable que lui donnait la richesse. Une richesse due aux pots de vin des magouilleurs de la politique contre des contrats en bonne et due forme. Car cet homme avait même réussi à se faire élire Maire de Roccacogliola, florissante bourgade des environs de Paterne. Tout le monde l'appelait « le Parrain » et Martine, « Parrain de mon cœur ». Parthénope était au courant de la « tresca », mais il faisait mine de rien. En premier, car sa femme n'avait pas depuis belle lurette aucun intérêt pour lui, ensuite parce qu'Anselme était très puissant et aurait pu, par des moyens déloyaux le priver de la licence de sa pharmacie et le réduire aux abois.

« Alea jacta est » disaient les latins « le dard est jeté ». Le dimanche suivant, il Commendatore se rendit au rendez-vous habituel. C'était l'anniversaire de Martine et il fallait le solenniser avec éclat. L'amant avait offert une bouteille de champagne « Perigord Barlevent » au prix fabuleux et incompatible avec les modestes revenus de l'apothicaire. Parthénope eut à peine le temps de verser dans la flûte de l'amant quelques gouttes de l'apozème.

Le lendemain le Vésuve entra en éruption. Pour des motifs de propagande électorale, Anselme se fit un devoir de se rendre sur les lieux. Dès qu'il fut en face de la coulée incandescente, un malaise inexplicable - lui qui était la force et l'endurance personnifiées ! - le frappa soudain, et avant que quiconque n'ait pu faire un geste, il s'effondra dans la lave. Par surcroît de malheur, Martine était enceinte. Des crises de furie nécessitèrent les soins d'une maison de santé où elle expira le sixième jour de son internement. Peut-être quelques gouttes du fatal produit, avaient-elles été versées par mégarde dans son verre ?

Puni par ses propres agissements, Parthénope fut contraint à élever le fils de l'autre, jusqu'à l'âge où il put l'inscrire à la faculté de Biologie moléculaire de l'Université de Naples. Jeroboam poursuivit ainsi les recherches que son père putatif n'avait pu mener à bien. Mais devant ses échecs répétés, Parthénope dont la vie ne tenait plus qu'à un fil, ne réussit jamais à savoir si le seul moyen d'éviter la vieillesse n'était que celui de mourir.

L'AUTRE

Si vous trouvez cette carte, aidez-moi. Je ne suis pas fou. Il s'agit tout simplement d'une erreur. Une fatalité, un concours d'imprévus, dans un bistrot à l'apparence anodine où je m'étais engouffré pour fuir les averses d'un orage.

Un homme à l'aspect également anodin, buvait du vin blanc, assis près de ma table. Ses yeux grands ouverts sur le vide - en l'espèce un mur gris décoré d'arabesques d'un mauvais goût criard, mais pour lui hallucinantes - témoignaient d'une détresse maladive.

- Vous êtes loin, sans doute, de deviner qui suis-je ? Professeur de sciences naturelles au lycée Lamartine, ce grand bâtiment sale au fond de l'avenue. Cela fait quarante ans que j'enseigne dans la même école, quarante. J'aurais dû m'inscrire aux concours supérieurs car l'avenir est fait du passé. À quoi bon ? La fatalité vous a mis sur la terre à un tel endroit, une telle période, une telle place. Mes parents n'avaient sans doute nul besoin de donner le jour à un malheureux. Mais la nature voulut qu'ils doublassent la mise. Il faut une prudence exemplaire pour déjouer ses pièges. Je n'ai fait que subir les circonstances que la vie m'invitait à creuser. Je n'ai rien creusé. Je renvoyais de jour en jour ma réussite. Maintenant, ça suffit. J'ai droit à la récompense finale. Qu'en dites-vous ?

Un rayon verdâtre à franges violettes, était apparu dans le ciel. Un prétexte pour me débarrasser de ce spécimen déjà sous l'emprise d'une boisson qu'il ne supportait visiblement pas. S'agissait-il d'un fou ? D'un drogué ? D'un ivrogne ?

- Essayez de comprendre. Je vais rentrer chez moi. J'ouvre un tiroir et j'en sors la photo de Nerina. Où l'ai-je connue ? Dans ma jeunesse je crois, à vingt ans, quand l'existence paraît s'étendre à perte de vue. Peut-être, il y a un siècle, soixante ans, quarante, un abîme. C'est évident : aucune différence entre les abîmes et les souvenirs. Peut-être, Nerina n'a jamais existé, et je rêve d'une création du hasard. Nous sommes tous des créations du hasard...

Il s'était accroché à mon bras. Je n'eus pas le courage de le repousser.

- Cela vous étonne ? Un inconnu qui se présente sans préalable. Comme s'il était sorti de l'une de vos nouvelles.

- Mes nouvelles ?

Comment savait-il ?

- Le journal. Le journal que vous aviez posé sur la chaise. J'aime bien votre façon d'écrire. Entre vous et moi, il y a une ressemblance inquiétante. Vous vous exprimez comme si la réalité n'avait pas de sens. Mais bien entendu, les histoires vraies sont d'un ennui mortel ! Et vous... vous mêlez ce qui arrive tous les jours, avec ce qui sort de votre fantaisie.

« À la première lecture, je me suis dit que je n'étais pas seul. Eh oui, très souvent, moi non plus, je ne suis guère moi-même. Cela doit dépendre de ma venue au monde. Maman m'a élevé sans aide. Je porte son nom. N'avez-vous jamais entendu parler de nourrissons volés dans leur berceau par une fille en mal d'enfants ? »

Une étrange inquiétude m'envahissait au fil de son bavardage. Je me souvins tout à coup du frère jumeau disparu dans la clinique de ma naissance et du drame dont parlaient sans cesse mes parents...

Le courant coupé pendant l'orage avait été rétabli. Je regardai mon interlocuteur avec plus d'attention, et je m'aperçus avec crainte qu'il s'agissait de moi-même. Ou presque. L'âge l'avait vieilli prématurément et des rides profondes sillonnaient ses joues et son front.

- Voyons... quelle année ? Mille neuf cent trente ou trente-cinq... ou quarante. J'avais obtenu mon doctorat avec peine. Je me suis marié. Mais Nerina... La jeunesse et le désir sont les compagnons inévitables de ceux qui débutent dans la vie. Nerina avait peut-être été projetée dans mon inconscient, de la profondeur d'un siècle ou d'un millénaire par l'entremise d'une vieille photo, pour me berner, tout en ayant l'air de me secourir. Regardez, la jolie femme un peu plus loin, aux yeux pervenche. À côté d'elle, un garçon passablement vulgaire, maladroit, stupide, perdu dans la masse. Elle croit être la première à s'ouvrir à l'amour. L'espèce se répète inlassablement sans faire trop d'effort... Le mieux, ce serait que chacun de nous dispose d'un double. Et si l'un rate son existence, l'autre la réussira.

« Savez-vous qu'au cours de la gestation, on peut obtenir d'un ovule l'autocopie conforme de l'individu qui va naître ? J'ai essayé par les moyens les plus disparates de trouver des capitaux, j'ai écrit des centaines de lettres. Mes salaires se sont évaporés en timbres. Croyez-vous que j'ai vécu de leurres ? Non, cher ami, non ! Tout arrive à qui sait attendre. Je viens de recevoir un signe sans équivoque. »

Il sortit d'une serviette en fin de course, un tas chiffonné de paperasses, s'empara d'une feuille jaunâtre, la déploya sous mes yeux. Elle était datée de Paris, mais l'année s'achevait en un gribouillis, comme si la frappe avait été défectueuse.

- J'ai déchiré l'enveloppe, poursuivit mon interlocuteur. Aucune importance, c'est le contenu qui compte.

Et il se mit à lire, tout imbu de lui-même :

- Le Conseil d'Administration, frappé par la hardiesse de votre étude, et ébloui par la possibilité de nouveaux horizons qu'il recèle, serait très heureux de concourir à la bonne issue de vos travaux pour l'extraction du clone et l'isotonie des acides nucléiques (qu'est-ce que cela voulait dire ?) sur la base du projet présenté par vous. Financement total à notre charge. Recettes partagées à 50 % avec l'inventeur.

Il remit avec soin la lettre dans la serviette, et ajouta d'un air entendu :

- À la fin de l'année, je prends ma retraite. La fortune n'est pas si décevante. J'ai trop tardé, cher ami. Il faut que je passe quelques coups de fil. La poste n'est pas loin. On se retrouvera. Voici ma carte.

Il me tendit un bristol. Mais dans l'affolement qui l'avait saisi, il s'était sans doute trompé : le bristol était blanc.

- Monsieur ! Monsieur, votre eau-de-vie ! Je m'excuse de vous avoir fait attendre, nous n'avons jamais eu une pareille affluence. Et par surcroît, derrière le comptoir, un plaisantin avait tendu une corde.

Le jeune homme en tremblait encore.

- Pensez ! Le plateau était plein de bouteilles.

Je saisis machinalement mon verre. En le portant à mes lèvres, je m'aperçus que la table d'en face était vide. Le garçon interloqué, ne comprit pas ce que je lui demandais :

- Votre ami ? Vous étiez seul, tout à l'heure…

À la poste ! Je n'avais pas le choix. Si je voulais le retrouver, il fallait agir vite. Tout en marchant, une horrible confusion éclatait dans ma tête. Les idées les plus déroutantes s'enchevêtraient en une suite qui me laissait pantois. J'avais l'impression de n'être plus moi-même, de m'être emparé d'un corps qui ne m'appartenait nullement, de franchir le barrage du temps en revenant en arrière.

Des cauchemars pour rien. Il n'avait pas menti. Le bizarre individu était là. Une opératrice était assise derrière la large baie du guichet. Des jeunes femmes, devant des tableaux aux longs fils, établissaient des contacts qui me paraissaient inexplicables. Je compris tout à coup : l'automatisme, sans doute, était encore à venir.

- Allô, allô, Marseille ? 44. 36. Marseille en ligne. Cabine 8. Décrochez.

- Allô, allô, Rouen ? 13. 30. La ligne est presque saturée. Madame, entrez dans la 12. Cabine 12. Je vous préviendrai.

- Allô ! Avignon 7. 63. 15…

- Kléber ? Vingt-deux. Cinq. Huit. Trois…

- Strasbourg ? 52. 9. 6…

Il avait un fascicule à la main. Fiévreux, il franchit la foule et s'adressa à l'opératrice :

- Un numéro, mademoiselle.

- Où ça ?

- Paris, bien entendu. Pas loin…

- Le numéro, s'il vous plaît.

- Un instant. Je regarde…

- Pressez-vous, monsieur. Il y a du monde…

- Ah, le voici. Un. Zéro. Neuf…

- Un zéro neuf ? Et le reste ?

- Il n'y a pas de reste.

- D'où venez-vous ? Vous êtes étranger ?

- Regardez. Dans l'annuaire. Première page…

- Mais ce n'est pas l'annuaire…

- Pas l'annuaire ? Lisez donc : c'est écrit en toutes lettres. « Annuaire des abonnés au téléphone de la Ville de Paris »…

- Vous vous moquez de moi ? Ne voyez-vous pas la date ? Mille neuf cent deux ! Où avez-vous trouvé ce bouquin ? Je n'ai pas de temps à perdre… Il y a l'annuaire de l'année sur la table.

- Vous n'avez pas compris. Je ne veux pas téléphoner à des gens d'aujourd'hui, mademoiselle !

- La plaisanterie est grossière. Partez ou j'appelle la police...

- Comment dois-je m'expliquer? Je cherche des abonnés d'il y a cinquante ans... Je ne peux pas les rejoindre avec votre calepin...

Les gens commençaient à s'énerver. Quelqu'un rigolait. Un type très pressé devenait menaçant. J'avais l'impression que la salle tournait autour de ma tête.

Il me vit, tout à coup. Un large sourire s'empara de sa bouche. Il fit un geste, comme pour me faire comprendre que l'opératrice avait perdu la boussole. Je fis le même geste à la demoiselle, tout en me précipitant à retenir un monsieur à moustache - le chef de service? - qui voulait le mettre à la porte. Dans le tintamarre qui s'ensuivit, je ne trouvai rien de mieux que le pousser dans une cabine, au fond du couloir et de m'enfermer avec lui à l'intérieur. Il était visiblement satisfait :

- Je vous remercie. C'était si facile. Je vous avais prévenu : il suffit de trouver le bon numéro au bon endroit.

Après avoir décroché, il me tendit d'un geste amical l'écouteur pour que je puisse suivre la conversation. Quelle conversation? Mais oui : Nerina... Cela n'avait aucun sens. J'étais pris dans une nasse, comme un poisson surpris par le filet du pêcheur.

- Vous n'êtes qu'une ombre...

Et pour s'expliquer, il ajouta vers moi :

- Sans doute, oui, une ombre. Mais si quelque créature glissa comme une brume dans la vie d'un homme, c'est bien cette fille que je rencontrai un jour à travers le message d'une photo jaunie, qui est encore une des plus denses réalités de mon existence.

- Nerina, puisque ce monde se dérobe pour empêcher notre rencontre, je t'en supplie, donne-moi la date...

Il croyait dur comme fer, à la réalité de cette femme inexistante. J'avais du mal à le retenir. Le bizarre individu portait la passion jusqu'au délire et tremblait comme une feuille. Des propos incohérents sortaient de sa bouche.

- J'ai besoin de repères. Quelle année ?

Et vers moi :

- Elle demande d'où j'appelle. D'où ? Difficile de lui faire comprendre. Évidemment, il ne s'agit que d'une carte à demi déchirée. À l'intérieur de l'horloge. La grande horloge murale de l'oncle. Dans le fond, j'ai découvert l'annuaire. Pourquoi riez-vous ?

Et dans l'écouteur :

- Vous êtes le seul amour de ma vie. Ma femme n'a aucune importance. Mais c'est impensable ! À sa place, s'est inséré l'autre, la vieille. Un faux contact. Amélie ? Tu m'agaces, à la fin ! Où suis-je ? Mais à la poste… La poste de l'avenue Kléber ! Qu'arrive-t-il, à présent ? Le directeur de la maison Koche veut me parler d'urgence ! Vous me prenez au dépourvu. Pour le financement Le financement de mes expériences ? Le clonage ! L'amour ? L'amour ne meurt jamais. La réussite ? Mais la réussite appartient au génie. C'est fatal. Pourquoi se donner tant de peine ? Dans l'immense pagaille qui nous environne, il suffit de connaître les trois chiffres du bon numéro…

Comme mû par un ressort, le gaillard, au comble de l'excitation, sortit de la cabine, en traînant un imperméable froissé, sans forme. Je le suivis comme un automate.

- Ma femme a été prévenue. Quant à moi, je dois rejoindre Nerina. Maintenant que j'ai obtenu la commande, peut-être elle changera d'avis. Je vous laisse mon manteau. C'est la moindre des choses. Si par hasard, il recommençait à pleuvoir…

Avant que je trouve la force de réagir, il mit l'imperméable sur mon dos et gagna la porte, en agitant l'annuaire comme un drapeau. Le fascicule s'échappa de sa main et s'abattit dans les eaux de la Seine.

- Nom de Dieu ! Il y a l'adresse de Nerina ! Et les repères de la Maison Koche ! Il faut que je le retrouve !

Il descendit en courant les marches de l'escalier qui conduit à la rivière. Dans un effort suprême, il glissa sur la berge et s'abîma dans les flots. Je restai paralysé, sans pouvoir intervenir.

Aussitôt, une vieille femme, les cheveux sales, la mine bouleversée, me saisit par le bras.

- Ah, Gaëtan ! Toujours le même ! Trois jours que tu ne donnes le moindre signe de vie !

- Vous faites erreur, madame. Je ne suis pas Gaëtan.

- Et ça continue !

- Je ne suis pas Gaëtan, vous dis-je

- Et qui es-tu ? C'est le comble ! Il feint d'avoir perdu la mémoire, pour courir les putains ! Veux-tu que j'appelle la police ?

La mégère était déchaînée. Une fâcheuse ressemblance. Comment lui démontrer que l'autre, celui qu'elle cherchait, s'était noyé dans la Seine ?

- Ne fais pas l'imbécile. Mon frère va te rosser. Je ne sais comment le tenir…

- Vous délirez, ma foi ! Quel est votre nom ?

- Amélie, Amélie ! Ton épouse

- Amélie. D'où sortez-vous ?

- Ça finira mal. Je te le dis une fois pour toutes…

- Je ne vous connais pas ! Je ne vous ai jamais rencontrée !

- Tu ne me connais pas ? Et l'envie que tu as dans le cou ? Une envie de fraise, en étoile, qu'il est impossible de confondre avec aucune autre !

Elle me prit par l'oreille, en braillant. Pour éviter un scandale, je fus bien obligé de la suivre. C'est pour cela que je jette cet appel d'une fenêtre, la seule fenêtre non condamnée de la maison de repos de « Font-Clair ».

Quelqu'un, peut-être, la trouvera. On va ouvrir une enquête. Quelle enquête ? Ma femme… la femme du mort, m'avait formellement reconnu. Et à la place de Nerina, il n'y avait plus qu'Amélie…

L'ÉTAT DE DROIT

(Octobre 2000)

Monsieur Sigibert Chauvin respirait le bonheur. Le jour de ses longues vacances - ô combien méritées ! - était enfin venu. Pendant trois mois il aurait enfin déserté ce bureau directorial, rempli de formulaires, de mille types de papier et de centaines de couleurs. Il commençait à s'y perdre lui-même, et ses nuits étaient peuplées de cauchemars. Il faut dire que l'idiome de l'Administration n'avait rien à voir avec celui du commun des mortels, et le pauvre directeur commençait à s'exprimer d'une façon confuse et maladive. Quand il avait choisi ce métier, en remportant la première place du concours émis par le Ministère de l'Alimentation, les choses étaient beaucoup plus simples et le nombre des formulaires à établir par les postulants se limitait à quarante-six. Au fil du temps et l'institution de différents organismes, il avait augmenté d'un rythme vertigineux, jusqu'à emporter dans son courant irrésistible, les fonctionnaires mêmes chargés de son contrôle.

Et voici qu'un soi-disant pêcheur de sardines, à travers un réseau d'amitiés et de recommandations intolérables, réussit à obtenir une audience personnelle, dans le seul but de lui gâcher ses vacances.

- Je lui donne cinq minutes, et c'est trop. J'espère qu'il s'agit d'un cas extrêmement simple. Cela m'étonnerait, d'ailleurs. Il m'a été impossible de refuser cette démarche pour laquelle Madame Jannifer, Présidente de l'Association de Défense des Victimes de la pilule du lendemain, était intervenue en personne. Ce qu'il faut endurer en cette époque.

Le postulant se faufila dans l'entrebâillement de la porte directoriale, chargé d'une lourde liasse de formulaires !

Mademoiselle Hurlevent, la contrôleuse du Service des Ictoydes, l'escortait. Cette vieille fille à la mine rébarbative avait le visage des mauvais jours.

- Entrez donc ! lança le Directeur dans un effort surhumain en essayant de cacher son mécontentement. Monsieur... Monsieur ?

- Lecons, balbutia très ému le petit homme intimidé par l'importance du personnage qu'il osait déranger dans ses hautes fonctions.

- Lecon ?

- Avec le s à la fin.

- En quoi puis-je vous être utile ?

- Oh, rien, rien.

- Monsieur le Directeur, ajouta frémissante Mademoiselle Hurlevent, est sur le départ. Et je suis confuse d'être obligée...

- Ne vous en faites pas, coupa court Monsieur Chauvin, bon prince. Mais si vous voulez me rendre service, exposez-moi votre cas de la façon la plus courte et la plus simple possible.

Lecons, engloutit sa salive dans un effort héroïque. Il avait eu le bonheur d'être reçu par le Directeur lui-même, et il fallait profiter de l'aubaine. La moindre des choses était de se pourfendre en remerciements, et limiter sa supplique au minimum indispensable. Mais l'autre, perdu dans ses rêves, ne le laissa même pas commencer :

- Vous avez de la chance, je pars en congés tout à l'heure pour trois mois, et à mon retour je n'aurai guère le temps de faire front à toutes les requêtes qui se seront empilées sur ce diable de bureau.

- Trois mois ?

- Un rabiot de vingt-trois jours sur l'année précédente, plus vingt-six jours de maladie où je faisais ma cure à la Bourboule... plus les trente-cinq heures payées au lieu de quarante... Tous mes fonctionnaires les ont prises et je ne vois pas le motif qui m'empêcherait à mon tour de bénéficier des dispositions ministérielles.

Lecons comprit, dans un éclair, qu'il n'était pas tout à fait le bienvenu. Lui, le modeste commerçant, dans sa vie n'avait jamais pu profiter de rien. Il travaillait avec la fièvre, avec son arthrose, les cancers de la peau qu'il fallait se faire extirper au fur et à mesure... Un sentiment de rébellion commençait à l'envahir. Ces gens-là se dressent devant nous pour nous embêter, ils ne servent à rien qu'à provoquer des déboires et à proférer des menaces dans leur veste de serviteurs de l'État. Serviteurs ? Je dirais plutôt des parasites. Mais il se retint. Ce n'était certainement pas le moment de vomir sa rancune. Au contraire, il fallait cultiver la bienveillance dont il était l'objet par un hasard qui ne se renouvellerait pas deux fois.

- C'est très simple. Ainsi que j'ai eu le plaisir de le faire savoir à Mademoiselle Hurlevent, j'envisage de fonder une entreprise pour la pêche, la manutention et la vente des sardines à des fins médicales.

Un silence glacial avait accueilli la curieuse nouvelle. Les deux fonctionnaires se regardaient à peine avec un sourire moqueur au bout des lèvres. Lecons poursuivit d'une voix qu'il s'efforçait de rendre aimable et envoûtante :

- Ce poisson méprisé a des propriétés salutaires. L'huile des sardines est tout indiquée dans plusieurs affections du foie, les ulcères de l'estomac et de la langue, les maladies des sinus et de l'œsophage, les hémorroïdes purulentes, les altérations cardio-vasculaires, les varices, et même à ce qu'il paraît, la prévention du sida, sans compter que l'ouverture de mon entreprise pourrait donner du travail à six chômeurs...

- Six seulement ? Que voulez-vous que ça lui fasse à la Ministre ? Elle en a des millions ! Et d'ailleurs, pour prétendre à l'accord préalable voté par la Chambre, il faut un minimum de mille trois cents pères de famille casés d'une façon permanente de préférence de nationalité étrangère. Ils sont si malheureux, ces gens-là !

- Je croyais...

- Et si je vous donne un permis auquel vous n'avez pas droit ? Je risque gros. Les juges sont très pointilleux avec les sardines. Par les temps qui courent, il faut y aller avec prudence. Aaaah ! s'il s'agissait tout court de l'ouverture d'une maison de retraite pour le 5e âge, ou d'une garderie pour enfants... je ne serais pas si difficile...

Et ce disant, il mit sous le nez de Lecons l'énorme fascicule que Mademoiselle Hurlevent avait déposé avec peine sur la table.

- Voyez vous-même. Loi du 26 janvier 56, corrigée par les remarques du Conseil d'État du 27 juin 57 interprétée de façon restrictive par les attendus du Conseil Constitutionnel du 31 février 72... Aaaah ! il y a une erreur ! Février n'a que 28 jours. Il y a de quoi tout remettre en cause malgré les normes d'application du Ministère des Finances du 15 juillet 88. Mais comment ? Personne ne vous a prévenu ?

- C'est pour cela que j'ai demandé un formulaire, hasarda le postulant terrorisé.

- Un formulaire ? Un seul ?

- On m'en a remis trente-huit.

- Sauf ceux qui ont été édités après la fin du mois et dont nous ne disposerons que l'année prochaine...

- Vous savez, monsieur le Directeur ? J'ai reçu une éducation stricte. L'obéissance à la loi a été toujours la devise de notre famille. Alors, s'il vous est possible de me faire remettre le Guide interprétatif des Dispositions Internationales sur la vie, les amours, l'interruption de grossesse, la sauvegarde des sardines, dont ont bien voulu m'entretenir les experts de vos Services de Santé...

- J'avais déjà prévenu ce monsieur, que nous sommes en rupture de stocks, et que la nouvelle livraison ne sera disponible avant la fin de l'exercice, fit remarquer la Contrôleuse à bout de nerfs...

- J'ai des frais sur le dos, rétorqua le malencontreux et chaque jour qui passe...

- Personne n'est tenu d'opérer l'impossible ! Et d'autant plus, une Administration déjà surchargée de tâches bien plus urgentes, que les mœurs des sardines...

Mais le Directeur calma la virago. Il ne tenait pas à contrarier Madame Jannifer en opposant à son protégé un refus trop net qui pourrait lui coûter cher.

- Il y a peut-être moyen de s'entendre, voyons ! J'ai une copie du recueil de l'année précédente. Les ordonnances ne sont pas les mêmes, mais elles pourraient vous servir à titre indicatif, et sans engagement de ma part, à vous faire une idée de la procédure requise...

- Et d'ailleurs, ce palliatif ne vous servirait à rien lança Mademoiselle Hurlevent, qui ne tenait guère à ménager sa proie. Car le stockage envisagé par la requête n'est pas régi par les mêmes dispositions que la pêche.

À ce moment-là, monsieur Pouverel, Premier Secrétaire du Cabinet du Ministre, fut annoncé et la conversation, opportunément interrompue. Il s'agissait de plusieurs instances à clore incessamment, avant le départ de Chauvin. Monsieur Pouverel était un poète et mêlait aux soucis de ses propres affaires, l'intérêt de la nature et les sentiments de l'arcane. La lune qui reluisait dans le ciel troublait ses nuits et suscitait en lui de profondes réflexions. Parfois, elle se voilait, le trahissait et le sensible fonctionnaire était en danger de choir ses rimes les plus belles dont l'écho se perdait dans les ténèbres. Il lui arrivait plusieurs fois de se réveiller trempé jusqu'aux os. Ceci dit, le rêveur eut l'idée de sortir de ses poches ce poème saboté par la lune, conçu en trois cent cinquante-deux vers, et de l'offrir tout de go à l'oreille déférente de Chauvin et aux contractions du foie de Lecons. Et puisque personne n'eut l'idée d'interrompre un aussi haut personnage, une heure et demie s'écoula dans ces amusettes.

Par bonheur, le haut bureaucrate devait participer à la séance de clôture de l'Académie des Pimpèches (jadis fondée par la vénérable Claire Pimpèche, sœur de la Ministre du même nom), et au grand soulagement de son collègue, s'empara de la pile de dossiers en instance, consulta sa montre et partit au grand galop.

Mademoiselle Hurlevent, impitoyable, reprit, l'entretien au point où il se trouvait avant l'interruption intempestive de l'Agent féru de poésie.

- Si je puis me permettre, le Sieur Lecons soulève un troisième problème : l'usage à des fins pharmaceutiques de l'huile extraite de ces clupéidés.

Le Directeur saisit la perche qui lui avait été tendue.

- Alors, là, cher Monsieur, tout est remis en question. La physionomie de votre dossier change. Je ne suis plus compétent.

Lecons, comme foudroyé sous le coup de la terrible nouvelle apprit sans ambages que l'accord relevait de l'autorisation de plusieurs ministres. Le Justice, la Pêche, la Santé devaient donner leur avis ce qui aurait requis le remplissage de plusieurs formulaires à retirer auprès des Administrations respectives.

- Mais demain c'est la pleine lune !

- La pleine lune ?

- Le pêcheur à qui j'ai déjà consenti une avance, m'a prévenu que c'est le seul moment favorable. Les sardines se déplacent en bancs pour célébrer leurs amours.

- Les amours des sardines ! Revenons à la réalité, cher ami. Je ne désire que vous être utile. Étant donné la complexion de votre affaire, il est convenable de s'y prendre à l'avance, car chaque ministère exigera au minimum, un extrait de votre acte de naissance, accompagné du casier judiciaire...

- ... avalisé par la Préfecture section 118, ajouta la mure demoiselle...

- ... une attestation de la Chambre de Commerce, précisant que vous n'êtes pas en faillite...

- ... un certificat que vous êtes exempt des vingt-cinq maladies contagieuses prévues par la loi 3210, article 24 du Décret du 13 mars 1901, délivré par le Médecin en Chef de la Santé Publique, centre de Nantes...

- ... une copie du livret de famille avec la mention de vos épousailles et des divorces par ordre de date et les appellatifs de vos enfants mâles et femelles issus de vos mariages (à moins que vous n'ayez été uni par un Pacs avec un concubin du même sexe)...

- Je suis né à la Martinique !

- C'est fâcheux, observa mademoiselle Hurlevent. Car il vous faudra aussi obtenir l'avis de la Direction des Départements d'Outre-mer...

- Envoyez sans tarder les requêtes, ajouta Monsieur Chauvin paternel, dans trois mois, à mon retour de vacances, vous aurez peut-être les réponses.

- Et les hangars ? blatéra Lecons dont le visage était devenu cramoisi.

- Quels hangars ?

- Ceux que j'ai dû acheter sur le port. Pour y stocker les poissons !

- Ça c'est nouveau ! s'exclama le Directeur, subitement sévère. Je vous mets en garde. Vous ne pouvez pas détenir des poissons, car vous seriez en infraction avec la loi sur la réglementation de la pêche !

- Et la maison Labretouille ! Je leur ai versé des arrhes sur l'entretien de l'huile… Toutes mes économies !

- Monsieur Lecons, méfiez-vous ! Je n'ai pas entendu un seul mot de ce qui vous a échappé un peu à la légère car je serais dans l'obligation de transmettre votre cas au Directeur des Impôts, seul compétent pour définir l'étendue de l'amende et de conclure s'il y a lieu de signaler l'infraction à l'Autorité Judiciaire…

- Mais tout cela est d'une extrême urgence ! Le moindre retard entraînerait ma ruine, s'écria le Martiniquais effrayé.

- Puisqu'il s'agit d'une occurrence exceptionnelle et pour vous être agréable, on va vous remettre les autres formulaires en une seule fois.

Mademoiselle Hurlevent s'empressa de sortir d'un immense casier des liasses de couleurs différentes et les déversa sur la table.

- Il y en a pour une tonne ! bredouilla le naïf postulant à demi submergé par la masse. Il faudrait que je loue une fourgonnette !

Dans une prière muette, Lecons s'agenouilla, et essayant d'embrasser les jambes du haut fonctionnaire, eut encore le courage d'impétrer sa clémence :

- Donnez-moi, au moins, une autorisation provisoire !

Le Directeur scandalisé se dressa d'un bond :

- Où croyez-vous être ? On n'est pas des cannibales, Monsieur ! Nous avons la chance de vivre dans un État de Droit. Un État où chaque problème, même le plus insignifiant, n'est pas soumis à l'arbitraire d'un Service mais est régi sans exception par les ordonnances des Représentants du Peuple ! Et le Peuple est souverain. Et ses seules volontés sont légitimes !

- Qui donnera à manger à mes enfants ?

- Rien de plus simple : la Mairie du Chef-Lieu de la Martinique ! Mademoiselle, donnez à ce Monsieur qui paraît insatiable, ce qu'il demande. Voici le formulaire à remplir, à remettre avec un certificat de pauvreté que la Préfecture se fera un plaisir de vous faire avoir dans les six mois…

Lecons n'avait plus rien d'humain. Ses yeux étaient injectés de sang. Un tremblement irrépressible secouait tous ses membres. Machinalement il introduisit sa main dans la poche du pantalon, et brandissant l'arme, se mit à crier des paroles incohérentes :

- Le formulaire ! L'État de Droit !

Le Directeur, à demi évanoui, s'abrita sous son bureau, la Contrôleuse s'allongea sur le sol, ses mains sur la tête.

- Un terroriste ! Un terroriste ! Au secours !

Mais Lecons savait qu'il n'y avait plus rien à faire. Que le chemin de sa vie était arrivé à son terme. Il pointa le revolver sur sa tempe et poussa la détente.

Autour du cadavre, les deux fonctionnaires étaient encore en proie à la panique. Monsieur Chauvin pensa à ses voyages irrémédiablement compromis.

- Il s'est tué, l'imbécile !

- De nos jours, les détraqués courent les rues !

- Encore une fois, je vais rater mes vacances ! Il y a mort d'homme. Ils vont ouvrir une enquête…

Mais Mademoiselle Hurlevent, prévenante, brandit un imprimé qui se trouvait dans le casier 1130 :

- Rassurez-vous, monsieur le Directeur. C'est prévu, y en a beaucoup qui se tuent comme ça, bêtement, au guichet, après une attente de trois heures. Nous n'aurons le moindre ennui. Il suffit de remplir le formulaire 5213. On vit dans un État de Droit, tout de même.

- Ah ! oui : l'État de Droit…

- Je m'en occupe. Voyons donc. Modèle 2002. Pour les décès accidentels. Vous pouvez partir sans problème. Sous trois jours, les services compétents s'occuperont du cadavre...

LA LIAISON

(10 février 2002)

Une explosion sourde s'était produite vers l'arrière, suivie d'un éclat au centre. Il avait eu à peine le temps de verrouiller la porte que tout s'était bloqué. Il s'aperçut que l'immense sous-marin coulait à toute vitesse. La coque s'immobilisa à une profondeur que Mark ne put déterminer mais que les instruments de bord évaluèrent à 358 mètres. Aucune possibilité d'ouvrir le portillon de sa chambre, pour communiquer avec le reste de l'équipage.

Y avait-il eu des morts ? Très probable. Mais la plupart des hommes devaient avoir survécu. Si la déflagration avait été générale, Mark aurait décelé des voies d'eau et les cloisons auraient été écrasées comme une coquille d'œuf.

Il faut vous prévenir que ce nom de Mark, qui d'ailleurs n'est pas le sien, n'a aucune importance car cela ôterait l'énigme du personnage et détruirait son histoire.

Sa pensée n'effleura même pas un instant les 256 personnes qui constituaient l'équipage du navire en perdition, leur tragédie atroce, la perte des vies humaines enfermées dans la cage infranchissable, mais courut à cette femme qu'il avait serrée dans ses bras avant le dernier départ. Elle vivait son existence avec un mari qui l'aimait, mais en réalité morne et triste, plus seule qu'une étoile perdue dans l'univers. Ils s'étaient rencontrés par hasard chez un ami sous-marinier qui avait tenu à lui présenter son épouse. Laura l'avait regardé de ses yeux profonds et lointains. Il ne savait pas ce qu'elle avait déclenché dans son âme et dans son esprit. À ce moment, il sentit que leurs existences, leurs conventions avaient été scellées d'une empreinte commune comme une patrie qu'ils ne connaissaient pas mais dont ils parlaient la même langue. Il avait accepté d'être l'hôte de cette famille accueillante pendant les quelques jours de son congé dans un port au-delà de la mer. On ne savait pas comment un jour elle lui était tombée dans les bras. Malgré sa volonté inflexible, aucune chance de se dérober. Il s'était livré à elle tout en pressentant que Laura passait à côté de lui comme un météore. Un hasard improbable les avait unis, le même hasard les aurait séparés. À quoi bon ? Leur rencontre aurait été fugitive comme la rencontre de deux comètes dans le ciel. Il détestait le sentimentalisme. Et pourtant, il était entraîné à lui parler des nébuleuses et des astres et de l'infinité ambiguë de l'univers, des problèmes de l'être et du devenir, d'une évidence à laquelle aucun d'eux ne voulait désormais se soumettre, retenus par le jour où le submersible se serait précipité vers son port d'attache ou plutôt vers l'abîme de l'oubli. Des idées folles et sans suite.

Cette liaison n'avait pas été souillée par l'usure des sens. Il lui suffisait d'un regard pour reconnaître sa présence. À jamais, malgré sa vie habituelle, au-delà du destin et de la mort. Elle flottait dans un monde étranger à celui des humains, un monde aérien, composé de voyages au bout du monde du silence de l'aventure sous-marine, de désirs absurdes et impossibles. Dans ce monde, qui les avait contraints comme la gravité lie toute chose à la terre, la logique et toute retenue avaient disparu pour les projeter dans un univers sans contraintes. Ses paroles anodines pour les autres avaient un sens pour elle et créaient une barrière qui les séparait de celui que les autres croyaient être le réel. Aucun doute : son regard était là, son visage, son parfum. Quel parfum ? Il se matérialisait autour de lui comme le souvenir des jours où ils se prenaient par la main quand ils étaient seuls. Mais il ne pouvait pas lui parler, ni surtout pas chercher sa présence, dans la situation virtuelle où il était clos.

Car Mark était un savant. Sorti de l'Université d'Ypsilon qui comme tous et chacun sait est le royaume des mathématiques puis, il s'était adonné à de curieuses expériences et avait choisi ce métier lui permettant de se dérober des hommes. Avec ça, il était un subtil mathématicien toujours à la recherche d'équations insolubles qui ne débouchaient que sur l'abstraction du néant.

La nouvelle avait éclaté comme un coup de foudre. L'Amirauté n'arrivait pas à comprendre comment le seul homme qui connaissait cette « liaison » avait été fourvoyé vers une mission dangereuse. Quoi qu'il en fût, le prix, il fallait le sauver, puisque les deux équations ne pouvaient être fondues en une seule que par son savoir. Afin que vous vous rendiez compte de la vérité inexorable de cette conjoncture, je tiens à vous préciser qu'on appelle « liaison » dans le monde saugrenu des mathématiques la formule capable de réunir deux équations apparemment disparates qui, seules n'auraient aucun sens et assemblées donnent un résultat imprévu et surprenant. On était presque arrivé à construire une bombe, comme on dit de nos jours, tout à fait propre : au lieu de diffuser dans l'espace des éléments radioactifs, elle était en mesure de transformer la puissance ennemie en un déluge d'eau pure, sans danger, après l'impact de l'obus. Notre langage ordinaire n'est pas suffisant vous le savez bien, et il ne peut servir que pour exprimer les soins de notre vie quotidienne et de nos relations sociales. Il avait fallu abandonner ce code et reformer nos points de vue, comme condition indispensable de toute application rationnelle. On ne peut pas s'introduire dans le monde inconnu de l'infiniment petit avec les paroles qui servent quotidiennement à nos besoins.

Les mathématiques ont joué ce rôle particulier, et sont indispensables pour le développement de la pensée logique, car elles évitent de se reporter à la condition trompeuse de notre « moi », comme le fait sans cesse le langage journalier. Cela me paraît d'une évidence désarmante et si vous n'arrivez pas à comprendre, imputez-le à la faiblesse de votre quotient intellectuel, incapable de toute faculté d'abstraction.

L'Amiral, aux prises avec la réalité quotidienne ne s'embarrassait pas de ces remarques oisives et dépêcha sur place une équipe d'experts en mesure d'accomplir l'exploit technique que la remise à flot du submersible exigeait. La réponse des renfloueurs fut négative. Et puisque l'État-Major ne se préoccupait nullement de la vie de l'équipage, mais seulement du sort de ce Mark, seul en mesure de résoudre l'énigme de la double équation, on se mit à la recherche d'un spécialiste en mesure de contacter le savant. D'autre part, toute liaison radio - on n'en connaissait pas le motif - avait été interrompue avec l'intérieur de la coque. Il aurait peut-être été possible de communiquer par le vieux système Morse, à condition toutefois que Mark connût un code en désuétude depuis très longtemps. Le militaire désigné faisait partie d'un groupe de vétérans, habitués à s'exprimer selon les normes de l'ancienne école.

Un certain Delabsurde accepta cette mission dangereuse. Il commença par l'extrémité du babord, à émettre son message avec un marteau pneumatique. Il fit le tour du navire sans que personne ne donnât le moindre signe de vie.

- Amiral, je me trouve au-devant d'une cage qui renferme sans doute des morts.

- Aucune importance. Il suffit que vous découvriez un seul survivant.

L'air commençait à manquer. Le signal émis de l'extérieur prenait des aspects délirants, comme s'il venait d'un autre monde. Pourquoi cet étranger voulait-t-il s'enquérir sur cette « liaison » qui n'avait été dévoilée à personne ? Que faisaient-elles les équations dans ce cauchemar ? Mark fit un effort surhumain. Il songea - mais la raréfaction de l'air lui rendait pénible tout raisonnement à la théorie de « Quanta » qui prétendait expliquer le comportement d'un électron parfois onde, parfois, en même temps grain de matière, ce qui donnait au réel un sens ambigu et difficile à justifier avec des percepts courants.

Autour de lui s'agitaient le sourire de cette femme et les électrons abstraits et conventionnels, de la matière. La voix mélodieuse de Laura l'enveloppait comme un réseau de beauté et d'amour. Les électrons étaient devenus des fantômes qui dansaient au-delà du réel se jouant de tout ce qui était représenté par les lois physiques. L'inexorable avait pris la place du sentiment et, ce qui avait été ordonné au début de l'univers, entrait de son corps massif dans le petit compartiment qui seul s'offrait à ses espérances. Seul ? Non. Il y avait son souvenir, son sourire et ses yeux, la seule façon d'être de sa vie, qui l'aurait accompagné dans le grand voyage, où il n'était plus question de formules ou de raisonnements logiques ou illogiques, vrais ou faux, avec leurs voix trompeuses et qui criaient de loin, d'un monde placé aux confins de l'existence, et qu'aucun obstacle ne pouvait arrêter. Son esprit ne flottait qu'autour d'elle. Elle n'était plus dans son souvenir, formée de paquets d'énergie, mais se confondait avec son désir, qu'aucune formule inventée par les hommes ne pouvait détruire. Où se trouvait-elle maintenant ? Des coordonnées encadraient son existence, des coordonnées indépendantes de son être. Rien qu'un nom Laura... Mais c'était comme dans la poursuite de l'infiniment petit, où l'on ne peut utiliser les mots ou les concepts du langage commun.

L'autre insistait pour savoir comment résoudre le problème. Deux équations suspendues en même temps dans le peu d'air de la cabine. L'air qui commençait à manquer, ce qui aurait entraîné par son absence, la mort de l'individu. Quel individu? Celui défini par des formules et des conventions humaines, ou bien celui qui n'avait plus d'existence?

Mais l'autre, impitoyable, continuait à faire allusion à des binômes ou trinômes, des équations qui avaient un nombre de solutions infinies, et qui pouvaient tout dire. Quelle importance la vie de Mark avait-elle? Il n'y avait que leur amour, leur passion, fondue dans un monde qui n'était pas celui de la terre.

- Rendez-vous en compte : cette « liaison » nous est nécessaire. L'État-Major… L'État-Major? Qu'est-ce que cela signifiait? Il suffisait qu'elle tournât son regard vers lui, pour qu'une réalité la vraie, l'illumine et le transporte au-delà de tout savoir, de toute espérance, de toute illusion. Peut-être Dieu, l'infini, étaient concentrés dans ce regard comme l'univers entier dans l'atome originaire, avant qu'il explose et crée l'immensité du cosmos.

Mais comment pénétrer les secrets de cet univers dans ce délire? Nos expériences ne sont que des instruments maladroits, frappées d'une imprécision fatale qui nous trompe au départ. Et parce que nos représentations mentales sont ainsi formées de manière imprécise, il ne nous reste aucune chance de percevoir les issues de ce chemin dans l'espace et le temps et savoir ce qui se passe au plus profond de ce qui nous entoure. Il n'y a que les mathématiques abstraites pour nous conforter dans cette odyssée. Abstraites? Non. Je désire son corps, ses yeux, ses chagrins, ses silences. Je désire comprendre son message, unique pour moi seul, de femme. Quelles équations? Et comment les assembler pour trouver la réponse? Cette réponse doit donner un immense pouvoir à un pays. Il s'agit de la relation entre deux binômes. Une relation virtuelle, puisque l'air vient à manquer, le cosmos se trouble et nous livre des caractéristiques déraisonnables. Et si cela était la vérité, que subsisterait-il de mon amour, de mes sentiments, de ma pensée ? Rien. Rien qu'elle, au-delà de l'espace, au-delà du temps, au-delà de la vie. Tout simplement, deux équations : Laura et moi. Seuls, nous donnons un quotient de zéro. Unis, nous sommes l'univers.

Mais une voix, une voix humaine, essayait de ramener le plongeur, au réel :

- Vous vous en êtes bien sorti. Une heure de coma, monsieur Delabsurde. Avez-vous communiqué avec le savant ?

- Quel savant ?

- Avant de vous évanouir vous m'aviez assuré avoir repéré la personne en mesure de nous donner la relation des binômes capable de réaliser l'arme propre. Celle qui transformera en eau les escadres ennemies et tout ce qu'elle touche.

- Aucun souvenir. D'ailleurs, on ne peut pas se rappeler de quelque chose qui n'existe nulle part... C'est une journée magnifique. La mer est calme. Le vent, faible. Tout cela se confond dans ma tête et je n'arrive pas à comprendre le pourquoi de vos demandes, et le motif pour lequel je me trouve ici, devant vous.

- Le sous-marin... vous l'avez oublié ?

- Quel sous-marin ?

- Au fond !

- Peut-être : quel fond ?

- L'État-Major attend son message

- Il attendra. De qui ? Pourquoi Et comment ? Il n'avait aucune raison d'être. Comme d'ailleurs, tout. Tout ce qui existe, et sans doute, n'est qu'un rêve.

- Je vous en supplie : un mot, un simple mot arraché à votre mémoire...

- Oui, un mot. C'était un nom de femme. Tout simplement. Un nom qui me revient à l'esprit : Laura !

L'ARMOIRE

(Fin octobre 2002)

Ce fut à ce moment-là que je me trouvai dans l'obligation de faire recours à ce drôle de personnage. Je tiens à souligner qu'il n'était pas prévu dans mon reportage et que sa venue est tout à fait accidentelle. Il habitait ailleurs : peut-être, dans un autre article ou dans une situation que je n'avais jamais conçue. C'est de la sorte, qu'on s'aperçoit de la présence malheureuse d'un individu qui n'avait pas de place dans votre vie et dont on se demande d'où il est surgi et pour quel motif, sans rapport avec vous. Inutile d'insister. Tout est mystérieux dans l'existence d'un homme et survient avec lenteur, pas à pas sans qu'on puisse s'en rendre compte. Quand il est arrivé, c'est trop tard et vous ne pouvez rien faire pour changer de chemin. Combien de fois j'ai entendu dire : « Si la tante Ernestine n'était jamais née, elle n'aurait pas hypothéqué le terrain, mon père ne l'aurait pas vendu, et je serais milliardaire. » Passons. Car dans mon cas, le changement n'est pas survenu avec lenteur, à mon insu. Il s'est produit d'une façon brusque, par surprise. L'arrivée d'un quidam dans mon immeuble. Et pourtant, il y en avait eu des locataires ! Ils se suivaient pour le plus futile des motifs : un départ, un décès, un changement de domicile. Le type s'en allait, changeait de ville, finissait à l'hôpital ou en prison. Mais que venait-il faire ici, cet étrange individu au visage hagard et à l'expression chafouine ? D'après les rares contacts que mon épouse eut dans l'escalier avec sa femme, j'appris qu'il avait choisi mon immeuble qui ne lui convenait absolument pas, par suite d'un hasard pur et simple.

Il était arrivé depuis peu et était en quête d'une habitation tranquille, éloignée du centre. L'Agence Dalembert où il s'était rendu sur les indications de son employeur, appartenait à l'un de mes amis, qui lui indiqua un endroit adéquat. Malgré le prix assez cher il se dit disposé à signer le contrat. Mais, quand il sut qu'il s'agissait d'un cinquième étage, il recula. Cela n'aurait pu lui convenir, car il devait y entreposer des coffres et des malles très lourds et il craignait que la situation du local ne fût conforme à ses besoins. Le propriétaire de l'Agence qui ne voulait pas perdre son client, pensa aussitôt à l'immeuble où j'habitais. Au rez-de-chaussée, le curé de la paroisse venait de rendre sa belle âme à Dieu, et ses neveux voulaient profiter de cette occasion bénite, pour vendre un F6 devenu encombrant.

Et voici comment je fis la connaissance d'un monsieur que je n'aurais jamais dû connaître, par suite d'un hasard que je n'aurais jamais voulu encourir.

J'appris par la suite que le curieux spécimen s'appelait Charyngol, et travaillait au CNR, au Centre de Recherche sur l'intelligence artificielle. Le nouveau locataire n'avait pas de temps à perdre et prit aussitôt possession du local. Son arrivée imprévue transforma mon destin d'une façon radicale. On entendait surgir du rez-de-chaussée des cris suffoqués, des borborygmes et même des paroles humaines. Mais dites d'une façon métallique et déplaisante. Éléonore, mon épouse, terrorisée par le nouveau venu, qu'elle soupçonnait d'organiser des messes noires et d'avoir des rapports avec le démon lui-même, voulait à tout prix dévoiler le mystère. Chaque fois, sa curiosité était déçue, le savant affectait de ne pas comprendre une seule de ses paroles, et se limitait à la saluer d'un sourire froid et poli.

De ma part, j'étais ébloui par cet homme et par son regard vide, où s'agitaient des fantasmes sans rapport avec notre petit monde. J'y décelais une terreur sourde et l'angoisse de problèmes que malgré ses tentatives il n'arrivait pas à résoudre.

Il était bien certain qu'il avait des précédents à cacher, que l'histoire qu'il débitait à tout venant, n'avait rien de limpide, et qu'il s'efforçait de dissimuler quelque chose de trouble. Évidemment je n'avais aucun droit de me mêler de ses affaires. Combien de connaissances j'avais eues dans ma vie qui abritaient des épisodes inavouables, à oublier à tout prix ? Mais lui - j'en étais certain - n'était pas comme les autres. Pourquoi ? Et pourquoi sa présence était une obsession, une espèce de cauchemar, une épée de Damoclès suspendue sur ma tête ?

Un jour, comme par hasard, sans motif, je fis semblant de me tromper de porte et entrai dans l'appartement du rez-de-chaussée. Charyngol bondit comme un lion et m'arrêta. Il était visiblement contrarié par mon initiative (s'étant parfaitement rendu compte de l'indiscrétion que je désirais commettre).

Mais je n'ai pas encore parlé de moi. En ce qui me concerne, il n'y a pas grand-chose à dire. Je suis reporter dans un journal de troisième catégorie, et je gagne à peine de quoi vivre, toujours à la chasse de l'événement exceptionnel, et c'est pourquoi le nouveau venu m'intéressait au plus haut point. Mais sans nourrir les craintes de mon épouse. J'avais compris que Charyngol parcourait des chemins défendus à la plupart des gens que je côtoyais, et avec mille précautions j'essayai de nouer une profonde amitié avec lui. Son comportement était évasif. J'ai su qu'il faisait des études abrutissantes, et qu'il cherchait la différence entre la matière inanimée et la matière vivante. C'est tout ce que je réussis à lui faire dire. Sa femme s'habillait d'une façon très curieuse, chose qui n'avait de quoi me surprendre, étant donné sa nationalité d'origine. Très belle comme beaucoup de femmes Hindoues, et sa beauté faisait un contraste frappant avec l'aspect miteux du mari.

Avec le temps, Charyngol changea d'attitude. Il avait visiblement besoin de se confier à quelqu'un. Il confessa avoir une petite amie de laquelle il était follement amoureux. Elle payait sa passion en retour, mais par malheur, était très jalouse.

- Qu'est-ce que je vous ai dit? Un de ces jours, elle va achever ma compagne. Elle est folle de moi, folle furieuse. Je suis son homme.

Je regardai ce pauvre bougre d'un air de compassion et de doute, dont l'ironie ne lui échappa point.

- Cela vous fait rire? Et pourtant, pour elle, je suis l'univers. Cela est difficile à comprendre. Pourquoi cet être habite ici avec moi? Pourquoi? Elle ne pouvait faire autrement, cela est clair.

Charyngol donnait des signes situés pour moi dans l'antichambre de la folie et je commençais à le regarder comme quelqu'un qui n'a pas toute sa raison. Il m'arrivait presque de vivre dans un autre monde et l'amour de cet homme n'était que l'illusion d'un amant refoulé, et sur le bord d'un désespoir inimaginable. Je regrettais d'avoir réagi à ma première impulsion d'une façon maladive. J'étais près d'un étranger que j'étais impatient de connaître et que j'aurais mieux fait de laisser à ses fantasmes. On sait bien que les amants déçus naviguent dans la mer de l'absurde.

Les jours passèrent. On entendait des bruits étranges dans l'appartement du rez-de-chaussée. J'espionnais Charyngol à travers la rampe de l'escalier. Chaque fois, il sortait abasourdi, chancelant. Parfois, en croyant franchir une porte il se cognait violemment contre le mur en prononçant des mots en Hindustan que je n'arrivais pas à comprendre.

- Il ne faut pas être aussi jalouse. Tu veux que je la tue ? Je n'hésiterai pas à le faire. Mais c'est peut-être inutile. Tu sais bien que tu es le seul être véritable. Je ne t'aurais pas donné la vie si je n'étais point ton créateur.

Son créateur ? Maintenant il radote. Il lui a donné la vie ? Quelle vie ? Ou bien, c'est au sens figuré et cette femme vit avec lui en cachette, comme elle l'a suivi pour éviter les remontrances de l'épouse légitime. Quel mystère se cache-t-il dans cette petite femme à laquelle il s'adresse, sans qu'elle soit présente ? Les craintes d'Éléonore seraient-elles donc fondées ?

Les jours, les semaines, les mois, s'écoulèrent. Je me rappelais de certains épisodes de L'Ilyade où Ulysse était devenu la proie d'une pieuvre ensorcelante qui lui faisait paraître l'univers sous le masque d'un visage où la nature avait pris le semblant d'un amour fantastique et sans rapport avec les passions des humains. Éléonore me regardait comme on regarde quelqu'un sorti de sa raison habituelle, quelqu'un qu'il faut surveiller à tout prix. Au journal, j'avais fait l'objet d'un rappel du rédacteur ayant tenu des discours menaçants à mes collègues, à qui j'avais raconté l'épisode de l'aveuglement du géant Polyphème, comme s'il était survenu vers la fin de la guerre, car l'impossible avait changé de siècle.

J'étais obsédé par ce Charyngol qui, à son tour tenait des discours tellement décousus, sans jamais me laisser entrer dans la dernière pièce de son appartement. Il devait y avoir quelque chose d'absurde et d'inavouable. Je n'avais que cette idée en tête : savoir où le chercheur diabolique était parvenu. À travers les cloisons j'avais entendu à plusieurs reprises des cris de déception et d'espoir.

« Caresse-moi. Tes mains me procurent des sensations que je n'aurais jamais espéré d'éprouver. Ton corps me donne envie de crier, et pourtant je ne peux quitter cette cage qui est la seule raison de ma vie.

Un jour, qu'il venait de sortir en titubant, Charyngol trébucha sur le pas de la porte, frappa la tête contre la paroi et perdit beaucoup de sang. Je descendis en vitesse en craignant une hémorragie grave, mais il se releva, et me dit avec le peu de force qui lui restait :

- Locabiol, vous êtes un ami. Vous avez supporté toutes les énormités qui sont sorties de ma bouche. Vous avez bien droit de connaître le mystère qui me harcèle.

En le soutenant, je parvins à entrer chez lui. Par bonheur, sa femme était absente. Il réussit à ouvrir la porte. La dernière, de la dernière pièce.

Je m'attendais à trouver un cadavre. Peut-être le cadavre de madame Charyngol. Les idées s'étaient sans doute confondues dans sa cervelle malade. Il avait cru obéir à la volonté de l'autre qui lui suggérait l'acte horrible, de loin.

Charyngol épiait chacun de mes mouvements dans l'attente d'une réaction qui ne pouvait pas manquer de ma part. Quelle réaction ? Rien de terrible. Rien d'inhabituel. Au fond de la pièce, il n'y avait qu'une armoire.

- Vous ne voyez rien ?

Il souffrait d'hallucinations, sans doute, car il n'y avait rien d'étonnant. Il approcha du meuble, ouvrit les battants. Une infinité de fils de toutes les couleurs se présentèrent à mes yeux, reliés par intervalles par des petits nodules tels des neurones.

- Cette fois-ci, j'espère que vous entendez.

Un bruit sourd, diffus s'élevait de la masse de fils qui remplissaient l'armoire. Je n'arrivais pas à comprendre.

- Ces ronronnements à peine perceptibles marquent la présence de la créature. Vous n'avez qu'à lui causer gentiment…

- Vous en parlez comme s'il s'agissait d'une personne...

- Que si, que si, monsieur Boniface ! Elle est plus sensible qu'une simple bête... et plus raisonnable que des êtres humains. À présent, elle dort. Aucun danger d'actes inconsidérés en vous apercevant. C'est moi qui l'ai construite. Je cherchais la femme idéale, la femme qui n'existe pas ! Cette masse de fils innombrables ! Elle multiplie les neurones de son cerveau. Là où les sentiments et les sensations prennent leur source. Tout mon amour s'est reversé sur elle. Elle ne me trompera jamais. Je n'éprouverai aucune déception de ses agissements. Sa présence est mystérieuse et insaisissable. Sabine réagit selon ma volonté et mes désirs. Sabine ? C'était le nom d'une fille dont j'étais chastement amoureux. Elle est morte avant de m'aimer. Morte ? Non, puisque j'ai élaboré son âme. Elle est éternelle, Boniface ! Nous sommes des fantasmes qui ont l'illusion de vivre ! situés entre deux mirages celui de l'éternité immobile et celui du temps qui s'écoule, nous sommes incapables d'un raisonnement impartial. Notre vie a trop d'importance à nos yeux, et quoique nous en disions, détermine notre façon de penser. Tandis qu'elle, je l'ai façonnée en y ajoutant quelque chose, un ou deux circuits, jour après jour, en accrochant tel réseau de neurones à tel autre. J'ai assemblé des unités de calcul en me souciant - à l'encontre de ce qui fait le hasard pour les femmes qui réunit et mobilise une situation quelconque - de créer la femme conçue selon des règles immuables : celles de mon amour et de mes sentiments. Vous comprenez ?

Je n'avais pas le courage de répondre. Les yeux du fou lançaient sur moi des étincelles à la guise des longs fils dont un faible courant animait l'écheveau.

- Vous n'êtes pas le seul. Je suis certain que si je parlais de tout ça à des gens qu'on dit sensés, ils n'auraient qu'un désir : déguerpir devant la menace sourde qui jaillit de mes paroles. Au départ, je n'avais aucun plan en tête... Maintenant mes idées ont mûri. On ajoute. On varie. On amalgame. On complique cet ensemble par l'adduction d'autres unités, toutes tendues au même résultat. Et on arrive…

Je n'avais pas la force de subir davantage son emprise. Sabine, c'est-à-dire l'armoire, m'avait complètement envoûté. Ma femme n'avait pas tous les torts. Il fallait quitter cet immeuble. Mais l'autre continuait sans se soucier de moi.

- Après mes dernières modifications, elle est devenue sensible au spectre du bruit. Mais non pas aux bruits que notre pauvre oreille est en mesure d'entendre. Bien au-delà !

- Au-delà… où ?

- N'avez-vous jamais entendu parler d'ultrasons ? Quelle surprise, si nous pouvions les percevoir ! Nos sentiments, même les plus sublimes perdraient leur saveur. Toutes nos conceptions du monde en seraient affectées. Comme si nous pouvions voir l'univers en ultra-violet. Imaginez donc la Béatrice de Dante en infrarouge. Elle deviendrait une diablesse ! Nous sommes sourds et aveugles, mon ami ! Jadis, Sabine avait reçu le don de la vue. Pendant des mois, je lui ai fait contempler les choses et les événements des hommes. J'ai placé devant ses photomètres, une télévision grand écran qui marchait nuit et jour. Au début, son attention se concentrait sans relâche… Puis, elle a donné des signes d'ennuis… ensuite d'intolérance… enfin de rage… Elle m'a fait comprendre que le spectacle que je lui offrais, était d'une imbécillité extrême, que les êtres choisis comme spécimens de l'humanité n'étaient que de misérables ensembles d'un niveau tellement inférieur, par exemple, même à Gaëtan…

- Gaëtan ?

- Le petit coffre à droite… Je l'ai conçu dans une période de déprime… Il contient beaucoup moins de circuits que Sabine. Au-delà d'un milliard de paramètres, il se grippe. Je l'avais construit, pour prédire l'avenir.

Ce fut l'incendie qui éclata dans la nuit du 20 au 21, qui réussit à me délivrer de ce cauchemar. Éléonore me criait : « Sauve-toi ! » Mais je restais cloué en regardant Charyngol qui aidait les pompiers à se battre contre les flammes, jusqu'à s'évanouir contre son meuble perdu à jamais. N'avais-je pas entendu des cris de désespoir et de terreur du fond de la pièce ?

Mon reportage me valut une mise à pied sans recours. Même le juge des prud'hommes estima que j'avais perdu la raison. C'est pourquoi, une fois sorti de l'asile, j'habite à la campagne où j'aide à la cueillette des olives, avec les résidus noircis de celle qui fut une armoire. Sans dire que ma femme avait divorcé pour convoler en justes noces avec un vendeur de légumes.

ÉPHÉMÈRE

(10 novembre 2002)

Josephin poussa le portail. L'allée plantureuse s'ouvrit devant son regard. Des fleurs de toutes sortes, aux couleurs éclatantes, des arbustes exotiques, importés de pays lointains. Un savoir subtil avait été nécessaire pour les garder en vie et leur fournir les insectes indispensables à leur reproduction. Le jardin était tenu d'une façon impeccable, comme si un horticulteur de grande expérience pourvoyait à son entretien. Des plantes hybrides étendaient leurs racines dans un sol ingrat où rien n'avait jamais poussé. Des connaissances exceptionnelles avaient sans doute été nécessaires pour opérer pareil miracle. L'étonnement de l'amoureux se renouvelait chaque fois devant le savoir de sa compagne, son âme en était adoucie, et sa soif d'inconnu, de beauté, satisfaite.

Comme d'habitude le jeune homme demeura immobile avant de franchir le sentier qui lui paraissait baigner dans une ambiance magique, et qui dérivait son aura immuable des soins de la surprenante Éphémère.

Mais cette fois-ci, il resta bloqué au milieu du jardin. Une vieille sorcière avait franchi le seuil de la maisonnette. L'adolescent poussa un cri et demeura figé, sans réaction.

Pour justifier cette conjoncture étrange et incompatible avec l'âge de notre héros, il me paraît opportun de vous faire savoir que Josephin Laperle sans être inverti, avait des tendances féminines, car ses sentiments étaient ceux d'une jeune fille et sa pudeur virginale l'empêchait d'avoir des rapports avec des pucelles de son âge, ainsi qu'avec tout représentant du sexe opposé. Josephin ignorait donc les joies de l'amour, jusqu'à l'instant de sa rencontre avec l'inconnue. D'où venait-elle ? Un seul fait paraissait certain : cette aguichante créature vivait seule. Tous ses familiers étaient morts.

Un jour, le jeune homme reçut du facteur qui le prit pour le maître de céans, une missive expédiée d'un État indien. La tentation de l'ouvrir fut trop grande. L'amant aurait enfin su quelque chose de précis sur la femme qui avait bouleversé son existence. À la lecture de l'acte, il risqua d'être frappé d'une syncope. Tenez-vous bien : Éphémère Paradis était née un 12 avril 1887 et avait à l'heure actuelle plus de cent ans ! La centenaire aurait fait des études à Singapour et quitté cette école, avec une spécialisation en mitochondrie, à l'unanimité des voix.

À partir de cette fulguration imprévue, l'amour devint pour le malheureux, une corvée insupportable, car il avait cru recevoir des plaisirs défendus d'une jeune fille sans expérience, et se retrouvait la proie d'une vieillarde. Malgré tout, une fois franchie la porte de la chambre, l'attrait sexuel de la sulfureuse se renouvelait et il n'était pas possible à son amant de résister aux charmes de l'être ambigu qui le serrait dans ses bras et lui faisait subir mille algarades. Seul défaut de la peau satinée du ventre, des arabesques de piqûres minuscules, comme celles qu'on pratique pour empêcher toute manifestation de phlébite aux malades alités depuis longtemps. Pour se soustraire à cette emprise humiliante et vérifier enfin l'âge de sa belle amie, telle qu'elle paraissait ressortir des documents reçus par la poste, Josephin eut une idée malheureuse qui causa la fin de son amour et la perte de son âme.

Un jour où Ephémère avait quitté précipitamment la villa pour secourir sa voisine frappée d'un malaise, l'amant décida de fouiller la maison de fond en comble, et força la porte d'une espèce de cagibi où l'autre abritait ses babioles les plus intimes. Rien d'inquiétant : des seringues, des pipettes, une centrifugeuse, des sondes. Éparpillés sur une table, des fascicules manuscrits relatant des cours universitaires de la Faculté de Singapour. Ce fut par ces feuilles que Josephin apprit pour la première fois l'existence des mitochondries. Ces entités étranges ne sont que des toutes petites structures baignant dans le cytoplasme, c'est-à-dire le liquide qui contient le noyau et les autres apparats de chaque cellule. C'est par elles que le carburant que nous absorbons sous forme de nourriture, est brûlé et produit l'énergie nécessaire à la vie, de la contraction des muscles du cœur jusqu'au fonctionnement du cerveau. Dans la fonction reproductive contrairement à la composante du noyau qui est hérité en parties égales des deux parents, on ne reçoit les mitochondries que de l'un d'eux. Ainsi s'expliquait l'auteur inconnu de ces lignes, confirmées depuis par les savants de toute la terre. Étant contenues dans le cytoplasme de l'ovule, les mitochondries ne se transmettent que par voie féminine, portant ainsi un rude coup à la prétendue suprématie masculine qui impose à l'enfant le patronyme et les vertus du mâle.

Mais en cela ne consistait pas l'essentiel de cette particule. S'agissant en quelque sorte d'un être étranger à la cellule, elle n'était pas soumise aux mêmes fonctions qui gouvernent le restant du corps et le plient aux lois inexorables de la vieillesse et de la déchéance.

Et puisque le phénomène de la vie dérivait d'elles, il suffisait de les prélever, les nourrir, les multiplier avec les procédés habituels à l'ADN, et les réintroduire dans l'individu à certains intervalles, pour reconférer à l'apparat corporel l'âge du moment de l'extraction et le délivrer ainsi des affres du vieillissement et de la mort.

Voici le secret du ventre d'Éphémère et à quoi les seringues avaient servi. Sa jeunesse n'était qu'un faux, un faux ignoble, destiné à tromper les amants d'une prétendue jeune fille, qui n'étaient à la fin que les amants d'une vieillarde.

Josephin fut pris d'un tremblement de rage : le liquide contenu dans les éprouvettes dressées sur la console fut balayé d'un geste et se répandit sur le sol. L'indigne vieille n'aurait plus trouvé les mitochondries indispensables à la régénération de son corps, qui aurait suivi désormais la loi éternelle. En sortant, il verrouilla la porte afin que son amie ne s'aperçût en temps utile de son irruption dans le laboratoire, et s'enfuit, terrorisé de son geste.

Quelques semaines après, Josephin, en franchissant le seuil du jardin - comme nous l'avons dit au début de cette pénible histoire - resta bloqué au milieu du sentier : une espèce de squelette, sortit de l'immeuble, eut à peine le temps d'esquisser un pas vers lui. Puis, le portail se referma sur des os, vite évanouis en poussière. De toutes les fleurs aux couleurs éclatantes, il n'avait survécu qu'une touffe de très longues orties.

LES BÉSICLES d'ARDOUVIN

(12 avril 2002)

Ce jour-là, j'avais fait une mauvaise rencontre, un vieillard m'avait heurté sur la promenade à la mer, et m'avait dit qu'il avait besoin de moi. De moi ? J'avais beau fouiller dans mes souvenirs mais je n'arrivais pas à le reconnaître. Et bientôt je commençai à me rendre compte qu'il s'agissait d'un fou. Cela n'arrive qu'à moi. Il prétendait être un homme du moyen âge et de posséder une âme, que peut-être de nos jours, cette âme nous l'avions perdue.

Il s'aperçut que je n'étais pas à mon aise et que j'essayais de m'esquiver par tous les moyens.

- Évidemment, c'est étrange. J'ai besoin de vous, de votre présence - de votre réalité - pour être certain qu'elle existe, que je suis quelque chose de plus qu'un simple souvenir. Restez là. C'est tout ce que je vous demande. Vous me regardez d'une façon étrange. Je n'ai plus une seule dent dans la bouche, j'ai perdu mes cheveux depuis bonne lurette, ma chair est flasque, mes oreilles bourdonnantes... ayant enterré mes parents, mes frères, sœurs, neveux, fils, petits-fils, arrière petits-fils... j'ai de bons motifs de croire que le temps qui m'a été imparti, s'est presque écoulé et que la fin s'avance à grands pas.

D'où était-il sorti, cet homme ? Il avait dressé son portrait d'une façon impitoyable. J'essayai de me sauver par tous les moyens. Trouver un téléphone - j'avais oublié à la maison mon portable - appeler la police... Mais le vieux ne paraissait pas disposé à lâcher prise. Une peur affreuse avait envahi tout mon corps. Je fis mon possible pour le ramener sur un terrain plus réel, en lui posant des questions plus concrètes :

- Oui, le doute n'est pas permis. Je m'appelle Villard de Honnecour...

- Intéressant. Honnecour ? Peut-être, on vous attend à la maison. Voulez-vous que je vous ramène ?

Étourdi, il regarda ma voiture. L'engin paraissait le surprendre.

- Vous habitez la campagne ? Ou peut-être un autre pays ?

- Oui, un autre pays.

Et son regard fouillait mon costume qui pour lui n'avait pas de sens.

- Ne le dites à personne, mais l'année de grâce 1413, venant d'expirer, je devrais avoir d'après mes calculs à peu près 600 ans.

Il n'y avait aucun doute : le type était détraqué, et de continuer la conversation avec lui aurait pu présenter un danger certain.

Il fallait que ça tombe sur moi. Prévenir un agent... le faire emmener au poste. Mais comment ? J'étais seul avec lui, et il me regardait d'une façon froide comme s'il se trouvait - lui - en présence d'un maniaque.

- J'aurais le droit de m'endormir tranquille en silence, comme le commun des mortels... Le moule, l'empreinte, la matrice... ce vide qui a gardé mon visage, mon esprit, mes pensées et en qui la matière se condense jusqu'à faire devenir fou un pauvre homme qui n'a rien fait de mal...

J'étais au comble de l'inquiétude. Depuis que le vieux me parlait, je croyais avoir perdu la raison. Josiane n'avait pas tous les torts. C'est une mauvaise habitude que celle où me poussait mon métier, de m'intéresser aux gens, pourvu qu'ils soient quelque peu étranges. D'étrange, j'en avais trouvé un. Trop étrange, je n'arrivais pas à m'en défaire.

Ce jour, j'avais vingt-cinq ans. Depuis peu, je souffrais de troubles visuels. Parfois, sans préavis, sans raison apparente, je voyais tout flou dans une lumière diffuse et blafarde. Piquet m'avait conseillé une analyse du sang. Qui était-ce donc, Piquet ? Mon toubib. Je préférai voir un spécialiste qui s'était limité à me prescrire des lunettes. Un opticien dans la rue Lamalgue. Pas la peine de descendre en ville… Je pousse la porte. Le magasin avait bien changé. Raybaud était parti à la retraite. À sa place, il y avait une dame. Très âgée. Que m'arrive-t-il ? Le vieux fou s'était esquivé. Bon débarras. Il n'y avait que cette femme à la voix brisée. J'aurais mieux fait d'aller en ville chez ce grand opticien de la Place de France.

- Oui monsieur, j'ai pris la suite. Je suis très âgée mais cela présente l'avantage que je travaille à l'ancienne. Car les jeunes laissent beaucoup à désirer de nos jours. Voyons donc l'ordonnance. Dieu, que c'est mal écrit ! Piquet… Piquet. Repassez dans cinq ou six mois… Non ? Trop long ? Mais c'est un travail difficile, cher ami. Disons, pour vous faire plaisir dans trois jours. Vous savez ? Pour des gens comme moi, le temps n'a guère d'importance… je ne travaillerai que pour vous. Je le fais avec plaisir. Oh, le plaisir, à mon âge ! Mais il ne m'arrive pas trop souvent de m'occuper d'une commande aussi drôle.

Mais quand j'allai retirer mes lunettes…

- Les voici, cher monsieur. Étant donné l'épaisseur des verres, j'ai choisi une monture très solide.

- Merci madame, vous êtes bien aimable. Je vous dois combien ?

- Oh monsieur, je ne travaille que pour le plaisir.

Je n'en revenais pas.

- Vous savez, à mon âge, dix ans de plus, dix ans de moins, ça n'a guère d'importance.

- Mais...

- C'est en promotion. Le premier achat est gratuit. Cela nous attire pas mal de clients vous pouvez me croire...

La pauvre femme ne savait certainement pas ce qu'elle faisait. J'étais très gêné. Elle devait en être de sa poche... Je ne sais pas pourquoi je m'attendais au pire. Car mes troubles avaient bien repris. Autant profiter de ces lunettes toutes neuves, de ce charmant cadeau - promotion de la vieille opticienne... Oh, quel soulagement ! Tout est pur, d'une netteté surprenante... Pour la première fois, je vois clair... clair et net. En voici la preuve : je traverse le Bd Miramar, quatre fois par jour. Et c'est la première fois que je remarque cette maison. Il me semble qu'à sa place il y avait un parc. Tiens, un panneau « À louer ». Depuis le temps que je cherche ! Le quartier est bien agréable... Mais très cher ! Qu'importe ? Demander un renseignement n'engage à rien. C'est trop vaste ! On s'y perd... J'ai déjà compté six étages... Je suis au dixième... Comment est-ce possible ? Il n'y a jamais eu un immeuble aussi haut par ici.

Enfin le dernier palier ! Et personne, même pas de sonnette. C'est étonnant serais-je monté jusqu'ici pour rien ? Rien ? Non. Une voix claire, merveilleuse de jeune fille m'appelait. Étrangement vêtue, tout de même.

- Vous revenez de la fête ? Ici on a l'habitude de se déguiser, le boucher en légionnaire et le photographe de la rue des Concombres en lapin...

- J'ai vu le panneau...

- Vu ? Vraiment vu ? Vous m'étonnez, messire. Au fait, que désirez-vous ?

- Qu'est-ce que je veux ? Mais connaître le prix du loyer...

- Six deniers de Marseille. Payables à chaque lunaison...

- Quoi ? Six deniers ?

- Eh, messire, les temps sont difficiles. Et la vue, imprenable. Si vous aimez le calme, à côté il y a l'abbaye et la forêt de mûriers s'étend à perte de vue. C'est elle qui a donné son nom au village.

- Des mûriers ? Je n'ai toujours vu que des pins.

- Mais il n'y a pas de vitres aux fenêtres !

- Des vitres ? C'est une ancienne tour de guet, messire. Pour surveiller les Maures et les pirates.

- Ah ! Je reviendrai, mademoiselle. Je dois réfléchir. Si vous vouliez m'indiquer votre nom...

- Vigette.

- Vigette ? Bizarre...

- Mais non, très commun : Edwige... Edwigette... Vigette. Tiens, vous portez des bésicles. Cela est rare. Vous êtes à la pointe du progrès. On vient de les inventer à Florence...

La charmante voix s'éloignait. J'avais dévalé les étages sans m'en apercevoir. Et je me suis rappelé tout à coup, d'Ardouvin, mon maître. Il enseignait à Aix du temps de ma jeunesse. Du haut de sa chaire cet homme vénérable m'avait fait entrevoir une vérité surprenante : ce que nous voyons au présent est déjà le passé. Un passé tout proche tout de même. À son avis, comme il y a des rayons de lumière qui se propagent à une vitesse foudroyante, il en existe d'autres, qui au contraire emploient des années, peut-être des siècles à nous parvenir. Il ne s'agit point d'un rêve, cher petit, ni d'un pacte avec le malin, mais d'une vérité déroutante. Si nous pouvions découvrir ces rayons, nous pourrions assister à un présent d'il y a huit, neuf ou dix siècles...

- Où est-elle donc passée la tour ? Pas d'immeuble, ni de panneau. Rien à louer. Je me trouve au milieu de l'Avenue qui longe la mer, devant les plages artificielles construites par la Chambre de Commerce... J'ai même failli me faire renverser par une de ces folles, qui, cigarette à la bouche, conduisent comme si elles étaient seules au monde... Mes lunettes, où sont mes lunettes? Oh, j'ai brisé les verres. Non... à peine fêlés... La vieille femme va me les remplacer... Cette fois-ci je lui paierai son travail... Pas possible! Il n'y a plus d'opticien. Le fonds a été racheté par Gibert le marchand de légumes... je ne suis pas fou tout de même... Oh, ces voitures! Je vais me faire écraser... Ardouvin mon vieux maître n'était pas un sorcier... pas un faiseur de rêves... Et surtout pas un détraqué! Ces klaxons. Je ne vois plus rien. Rien! Mais par force, les verres sont fêlés... Et la monture, lourde... Trop lourde!

Écrasante! Il faut que je m'en débarrasse! Ardouvin... Un savant dangereux... Comme tous les savants d'ailleurs. Ils ne connaissent pas les conséquences de leurs actes!

Par bonheur, le bûcher l'avait réduit en cendres, juste à temps, avec ses lunettes... Oh, cette fois-ci elles sont tombées! Une voiture les écrase... Et cette voix, quelle voix? Cette fille si adorable... Quelle fille? Comme d'habitude il y a des zoulous qui font du vacarme sur les plages... Parfois cela dure toute la nuit jusqu'à l'aube... Les riverains s'en plaignent. Non, ce quartier ne me convient pas. Pas du tout... À l'avenir, pour mes achats, je me rendrai en ville...Et le mistral qui se lève! Il vaut mieux que je rentre. Je vais attraper un rhume. J'ai même oublié mon tricot... mes chaussettes de laine... mon imperméable. Je suis mouillé des pieds à la tête. Ma femme que dira-t-elle? Qu'est-ce que je vais attraper à mon retour ! Quel retour? Ardouvin m'avait mis en garde.

Entre ce que nous voyons et ce que nous pourrions voir... entre ce qu'on croit avoir vécu et ce qu'on croit avoir rêvé - il n'y a pas la moindre différence.

SOMMAIRE

Pages